파도수집노트

a bodyboarder's notebook

파도수집노트

이우일

비채

contents

일러두기

• 이 책의 지명 및 인명 등 외국어는 국립국어원 외래어표기법에 준하여 표
  기하되 일부 어휘는 예외적으로 의미를 선명히 하기 위해 우리말로 음독하
  거나 굳어진 표현을 살려 썼습니다.
• 모든 주는 작가주입니다.

수많은 서퍼 사이에서 커다란 파도를 잡아타는 남편을 볼 때마다 부러움과 두려움이 동시에 든다. 순발력도 필요하고 눈치도 빨라야 한다. 힘들고 고단하다.

그럼에도 나도 함께 보디보드를 들고 바다로 간다. 그것만 있으면 아무렇지도 않게 바다 한가운데까지 들어가 해변을 바라볼 수 있기 때문이다. 오리발까지 신으면 속도도 꽤 난다. 보디보드는 나만의 배다. 내겐 배가 한 척 있다.

바다를 즐기는 방법은 바다에 떠 있는 사람 수만큼이나 다양하다.

아내 ∘ 선현경(그림책 작가)

2020/1/5

여기 파도타기에 대해 적는 건
그걸 잘 알아서가 아니라
좋아하기 때문이다.

파도를 탄다

'파도를 탄다.'

이 문장엔 뭔가 신비한 구석이 있다. 홍길동이 구름을 타다고 할 때의 그런 묘함이다. 구름을 타고 하늘을 나는 건 보통 사람의 힘으로는 할 수 없는 일이지만, 왠지 우리 중 '특별한' 능력자는 가능할 것만 같다. 내게 파도타기가 그랬다. 그것은 내게 구름을 타고 나는 것처럼 허무맹랑한 일이었다.

처음 파도를 타려고 시도했을 때 깨달았다. 파도타기는 하고 싶다는 마음만으로 할 수 있는 일이 아니라는 것을. 나는 다가오는 파도를 빤히 보고도 그것이 정작 코앞에 다다랐을 때는 도무지 붙잡거나 올라탈 수가 없었다. 파도는 마치 내가 거기에 없는 것처럼 나를 통과해 지나갔다.

보통의 인간은 물을 맨손으로 움켜잡을 수 없다. 액체로 이루어진 파도에 올라타려면 일렁이는 너울의 리듬에 자신을 맞춰야 한다. 하지만 그건 노력만으로는 불가능해 보였다. 몇 번이고 시도해도 출렁이는 바다의 움직임을 이해할 수 없었다.

아아, 파도가 내 몸을 스치는 찰나에 느껴지는 그 허전

함이란. 파도를 타기 위한 나의 의미 없고 부질없는 몸부림. 물이 다가와 나를 스쳐 지나가는 그 순간은 너무나 짧고 덧없었다. 나의 무모한 몸짓은 무엇이든 꼭 움켜쥐려는 욕심으로 가득한 내 삶을 대변하는 것 같았다. 파도, 그것은 인간이 소유할 수 있는 종류의 것이 아니었다. 그것은 연기와 같고 어쩌면 신과도 닮았다. 그래서 감히 파도와 대면한다는 것 자체가 가당찮은 짓 같았다. 파도는 원래부터 나 같은 인간의 상대가 아니어서 그것을 붙잡아 탄다는 건 불경스러워 보이기까지 했다.

하지만 이미 수많은 사람이 오래전부터 파도를 탔다. 그들은 고대의 파도와 한몸이 되었고 신화의 바다를 친구 삼았다. 어린아이부터 노인까지 너무나 쉽고 편하게 파도를 잡아탔다. 그렇다면 나도 가능하지 않을까? 언제까지고 그들을 부러워하며 물끄러미 바라볼 수만은 없었다. 나도 그들과 함께 파도를 타고 싶었다. 이른 아침부터 해 질 녘까지 바다와 함께하고 싶었다.

파도 타기 어렵다.

두 시간 동안 한개도 못탐.

파도 타는 법 좀 알려주라~

미래의 나

어른한테 말하는 것 하곤!

야! 너는 난데 꼰대같이 왜 그래?

너보다 몇 살은 더 먹었다고! 몰라, 나 간다!

혈~ 구름도 타냐?

파도 타는게 구름 타는 거 같다며~

미래의 나 대단해!

스포츠

나는 뭔가에 꽂히면 도무지 정신을 차리지 못한다. 어느 순간 온통 내 관심과 대화의 소재는 파도타기가 되었다. 심지어는 꿈에도 파도가 나왔다. 그렇게 변한 내게 아내가 시큰둥하게 말했다.

"갑자기 무슨 '스포츠'를 그리 열심히 하고 그래?"

나는 발끈했다.

"아니 이게 왜 '스포츠'야!"

아내의 '스포츠'라는 단어가 마음에 들지 않았다. 나는 살면서 한 번도 '스포츠'를 즐긴 적이 없다. 내 인생에 그런 단어는 아예 존재하지 않았다. 그런 내가 갑자기 '스포츠'를 한다고? 그것도 열심히? 만약 그랬다면 그건 아내에게도 정말 이상한 일이었을 것이다. 그런데 파도타기가 '스포츠'였던가?

올림픽 종목으로 등재도 되었으니 서핑은 분명 스포츠다. 하지만 나는 서핑이 스포츠라는 걸 속으로 부정하고 있었다. 왜냐하면 나는 스포츠를 싫어하니까.

솔직히 말하자면 난 몸치라서, 온갖 운동에 대한 트라우마를 한가득 가지고 있다.

만약 파도타기가 스포츠라면 내가 이토록 빠져들 수 없는 거였다. 반평생 변변하게 하는 운동도 없이 나는 주로 실내 생활자로 살아왔다. 키만 멀대같이 클 뿐 운동신경이 둔한 내게 본격 스포츠는 섣불리 발을 들일 수 있는 영역이 아니었다.

언제나 그것은 화면을 통해 보는 것만으로 충분했다. 평생 책상 앞에서 할 수 있는 일들이 내가 비교적 잘할 수 있는 것들이라 여겼다. 만약 서핑이 스포츠라면 앞으로 나는 그걸 잘해낼 자신이 없었다.

파도타기를 처음 경험했을 때, 미끄럼틀을 타던 어린 시절이 떠올랐다. 미끄럼틀 타기는 그냥 놀이터에서 노는 것일 뿐, 아무도 미끄럼틀 타기를 스포츠라고 하진 않는다. 파도를 타는 것도 마찬가지지 않을까. 파도타기는 놀이터에서 미끄럼틀을 주르륵 타고 내려오는 것처럼 신이 난다. 단순하고 원시적인 즐거움이다.

오래전 어린 딸애와 놀이터에 갔던 때가 떠오른다. 이제 막 걷기 시작한 딸애는 미끄럼틀 타는 걸 유난히 좋아했다. 지치지도 않고 탈 때마다 너무나 행복하고 즐거운 표정이라 그때 모습을 여러 장 사진에 담았다. 돌이켜보면 인생에서 가장 반짝이던 순간이다. 미끄럼틀을 타고 내려오던 딸애의 표정이 아직도 생생하다.

그런데 아내가 찍어준, 파도를 타고 있는 사진 속 내 얼굴을 보니 미끄럼틀을 타던 딸애의 표정과 꼭 닮았다.

장롱면허

언제나 운전은 아내의 몫이었다. 내 자리는 조수석이다. 나는 늘 운전하는 아내 옆에 앉아 잔소리를 했다. 좌회전할 거니까 왼쪽 깜빡이를 켜라, 신호가 바뀌었으니 얼른 출발해라 등등, 이래라저래라 끊임없이 참견해대는 그런 재수 없는 남편이었다.

그렇다. 나도 이런 내가 싫다. 그토록 고된 육아시절에도, 사연 많은 그 숱한 여행의 계절에도, 언제나 운전은 오직 아내의 몫이었다.

그가 운전을 즐기는 사람이었더라면 그나마 나았을 텐데, 아내 역시 그걸 즐기는 쪽이 전혀 아니다. 오히려 운전을 엄청나게 싫어하고 부담스러워하는 사람이다. 아내는 태생적으로 기계랑 친하지 않은 부류의 인간이다. 그럼에도 불구하고 지난 삼십 년간 혼자서 운전을 도맡아 해왔던 건 순전히 남편이란 작자가 운전을 안 했기 때문이다. 면허가 있는데도! 이기적이라며 욕을 퍼부어도 도무지 변명거리가 없다.

그러던 어느 날 갑자기 자리가 바뀌었다. 운전면허를 딴지 자그마치 삼십 년 만이다. 삼십 년 된 장롱면허. 나의 소중한 빈티지 면허. 언제나 신분증 대용으로만 사용되던 불쌍한 면허증이 드디어 장롱 문을 활짝 열어젖히고 차 문까지 벌컥 연 것이다. 그놈의 파도타기 때문에!

나는 왜 그토록 운전을 하지 않았을까. 이유는 많다. 운전에 대한 공포. 공포심을 빙자한 귀찮음. 귀찮음으로 포장한 소심함. 무엇보다 나는 나 자신을 전혀 믿지 못했다. 사고라도 낼까봐 정말 두려웠다. 그런 공포심을 극복하게 된 것은 그 유치한 미끄럼 놀이, 오로지 파도타기의 순수한 즐거움 덕분이었다.

그런 나의 단순하고 맹목적인 즐거움을 위한 갑작스러운 운전은 아내를 떨리게 만들었다. 아내는 나이 오십에 이런 두근거림은 정말 오래간만이라며 '설레'했다.

여기서의 설렘은 누구나 상상하는 그런 애틋함이나 몽글몽글한 것과는 거리가 멀다. 삼십 년 된 나의 초보운전 실력은 옆에 탄 사람을 충격과 공포로 깜짝깜짝 놀라게 만든다. 급브레이크는 기본이고 뜻밖의 과속, 불필요하게 큰 코너 돌기와 과감하고 도발적인 끼어들기, 주행 중 휘청하기 등은 아내를 아연실색하게 했다.

아내는 차라리 그냥 자기가 계속 운전하는 게 낫겠다고 한다. 정말로 중간에 차를 세우라더니 자리를 바꿔 앉은 적도 있다. 하지만 그런 뒤에 그는 곧 다시 후회했다. 옆

자리에 앉은 내가 또다시 잔소리를 늘어놨기 때문이다.

아내에게는 아마 지옥이 따로 없을 것이다.

미안, 나도 이런 내가 정말 싫다.

위험한 일

파도타기와 운전, 과연 이 두 가지 중 내게 더 위험한 것은 무엇일까? 지난 몇 년간 보디보드로 파도타기를 하며 수도 없이 부상을 입었다. 다른 서퍼와 충돌한 적은 셀 수도 없고 암초와 방파제에 부딪히고 살갗이 째져 피투성이가 되는 것이 예사였다. 나이 오십이 넘어 몸 여기저기에 자전거를 막 배울 무렵에나 생길 법한 찢기고 긁히고 까진 흉터들이 생겼다. 다행히 심각한 사고가 나진 않았지만 아찔했던 순간도 있다. 정말로 목숨이 위태로웠던 기억. 겨울의 양양 죽도 해변에서였다.

1월. 풍랑주의보라 입수신고를 했다. 해경에 입수신고를 하고 바다에 들어가는 건 그때가 처음이었다.

당시 나의 문제점은 여러 가지였다. 우선, 그때 그 바다엔 서핑을 하는 이가 단 한 명도 없었다. 나 혼자였다. 홀로 겨울 바다에 들어가는 건 위험한 짓이다. 겨울이 아니어도 서핑을 하러 혼자 바다에 들어가는 건 연륜 있는 서퍼라면 아무도 추천하지 않는다.

둘째, 죽도 해변을 잘 몰랐다. 겨우 두 번째 방문이었다. 어디가 라인업(파도가 부서지는 포인트 주변, 서퍼들이 파도를 기다리는 장소 또는 그 행동)하기 좋은 자리인지 어디가 위험한 곳인지 정보가 거의 없었다. 그저 내 눈으로 본 것만으로 어설프게 판단했다.

마지막으로 동해를 쉽게 생각했다는 것이다. 하와이의 거친 파도를 경험해봤다고 자만했다. 지구상에 우습고 만만한 바다는 절대로 존재하지 않는다.

들어가자마자 라인업 위치를 잘못 잡았다. 십 미터 이상 더 바다 쪽으로 나아갔어야 했다. 잠시 후, 결국 그 자리에서 거대한 파도가 터졌다. 파도가 부서지는 '임팩트 존'에 너무 가까웠던 것이다. 그대로 휘말려서 파도의 거품 속으로 빨려 들어갔다(서퍼들은 이런 걸 '통돌이' 되었다고 말한다. 서퍼를 세탁기에서 빙글빙글 돌고 있는 빨래에 비유한 것이다). 차가운 바닷물이 콧구멍 속으로 들어와 머리가 금세 띵해졌다. 물속에서 방향을 잃어 아래위 구분이 안 됐다. 힘겹게 물 밖으로 나와보니 뭔가 허전했다. 얼마나 파도가 거셌는지 파도에 말려 돌다가 리시(보드와 서퍼를 연결하는 끈. 보통 서퍼는 발목에 차고 보디보더는 팔에 찬다)가 꼬여 끊어진 것이다. 리시가 끊어진 건 처음이었다.

보드를 잃은 나는 몹시 당황했는데 생각할 겨를도 없이 다음 파도 세트가 계속해서 나를 덮쳤다. 몇 번이고 파도에 말려 이제 막 스위치를 켠 세탁기 안의 빨래처럼 물속에서 돌고 돌고 또, 돌았다. 숨이 막혔다. 산소가 필요했다. 물을 먹은 두꺼운 겨울 슈트는 점점 더 무겁게 느껴졌다. 겨우 다시 물 밖으로 나왔는데 이미 바다에 떠 있기조차 힘들 정도로 기운이 빠져 있었다. 탈진 직전이었다. 심장이 미친 듯이 뛰었다. 도움을 청할 이가 아무도 없었다. 아무도 내가 여기서 이러고 있는 걸 몰랐다. 공포가 밀려왔다.

그런데 이상하게 멀리 해변을 걷는 사람들이 또렷하게 보였다. 하늘이 너무나 파랬다. 세상은 이렇게 멀쩡한데 혼자 아무도 모르게 죽을 수도 있겠구나 하는 생각을 했다.

'죽음은 언제나 이렇게 가까이에 있었구나.'

살고 싶었다. 몹시 겁이 났지만 정신을 바짝 차리고 머리를 해변 쪽으로 돌렸다. 마지막 남은 힘으로 무거워진 몸을 뉘어 배영을 시작했다. 숨을 쉬기 위해 턱을 높이 쳐들었다. 차가운 공기와 함께 짠 바닷물이 목구멍으로 넘어왔다. 휘젓는 오리발은 콘크리트처럼 무거웠다. 얼음물 같은 파도가 얼굴을 덮칠 때마다 계속 물속으로 다시 들어가야 했다.

그때 저 멀리 혼자서 둥둥 떠 있는 내 보드가 눈에 들어

왔다. 오륙 미터 정도 더 바다 쪽이었다. 고민이었다. 다시 바다 쪽으로 헤엄쳐 보드를 잡아타고 해변으로 돌아갈 것인가, 아니면 이대로 보드를 버려두고 계속 해변으로 향할 것인가. 아마도 짧은 망설임이었겠지만 한없이 길게만 느껴졌다.

보드를 포기하기로 했다. 보드를 잡으러 바다 쪽으로 나갔다가 그걸 만약 붙잡지 못했을 때는 어떻게 될까? 해변으로 돌아갈 힘이 남아 있지 않을 수도 있다. 파도 속에서 보드를 붙잡을 수 있을지 확신이 없었다. 그런데 보드를 포기하자 해변이 더욱 멀게 느껴졌다.

기진맥진한 상태로 한참을 헤엄쳐 드디어 오리발 끝이 바닷속 모래톱에 닿았다. 해양재난영화 속 난파된 거대한 배에서 살아남은 유일한 생존자처럼, 나는 네 발로 기어서 겨우 모래사장 위로 올라왔다. 염치없는 보드는 진작 혼자 파도를 타고 뭍에 올라와 있었다. 만약 보드가 있는 바다 쪽을 선택했더라면 나는 어떻게 되었을까? 곧바로 찬바람에 손과 발이 꽁꽁 얼어붙었다. 하지만 숨이 가쁘고 힘이 쏙 빠져서 일어설 수조차 없었다. 머리가 지끈거리고 땅이 흔들렸다. 정신을 차리고 숨을 고른 후 일어서기까지 한참이 걸렸다. 어떻게 숙소로 걸어 돌아왔는지는 기억이 잘 나지 않는다.

그날 하루 종일 도미토리의 이층 침대 밑에 쓰러져 있었다. 그리고 저녁때가 되어서야 간신히 정신이 들었다. 살면서 여러 고비가 있었지만 목숨이 위태롭다고 느낀 건 처음이었다. 스틱스 강*에라도 빠졌다 나온 기분이었다. 서핑을 시작한 후 나는 늘 파도를 도전의 대상으로만 여겼다. 여기저기 다니며 큰 파도를 몇 번 타더니 대단한 서퍼인 양 스스로를 자랑스러워했다. 태풍 때 뉴스 리포터의 뒤로 보이는 너울 파도를 보며, 건방지게도 저 정도는 타볼 만하겠다고 생각했다. 이카로스**처럼 기고만장했던 것이다.

*

운전석에 앉아 핸들을 잡을 때 나의 문제는 과하게 초조해한다는 것이다. 갑자기 차가 튀어나가 사람을 칠까 두렵고 커브에서 다른 차의 옆을 들이박을까 두렵다. 지나친 상상으로 이미 사고를 낸 거 같은 기분이 들 때도 있다. 그래서 운전할 때 늘 손이 땀으로 축축하다. 한 시간 정도 운전을 하면 어깨는 딱딱하게 굳고 허리와 엉덩이

---

* 그리스 신화에 나오는 지상과 저승의 경계를 이루는 강
** 그리스 신화 속 인물로 아버지 다이달로스가 만든, 밀랍으로 붙인 날개를 달고 날다 떨어져 죽었다. 아버지의 조언을 잊고 태양에 가까이 다가가자 밀랍이 녹아 날개가 떨어졌기 때문

가 뻐근하다. 날이 궂으면 눈마저 침침하다. 아직 사고를 낸 적은 없지만 그럴 가능성만으로도 충분히 의기소침해진다. 정말로 무서운 건 그런 주제에 파도에 대한 열망으로 과감하게 운전대를 잡는다는 것이다.

7월의 서귀포. 폭우가 쏟아지는 이른 새벽. 운전을 시작한 지 두 달도 안 되었을 때다. 새벽 5시에 나는 혼자서 안개와 비바람을 뚫고 운전을 하고 있었다. 새벽 파도가 좋았기 때문이다. 안개와 비바람으로 앞이 거의 보이지 않았다. 와이퍼와 라이트를 켰지만 소용없었다. 도로위의 차선조차 보이지 않았다. 그런데도 나는 중문 색달해변을 향해 액셀을 밟고 있었다. 고인 빗물에 차가 슬쩍 미끄러질 때마다 등에 식은땀이 주르륵 흘렀다. 그나마 다행인 건 이른 시간이라 다른 차가 거의 없었다.
해변에 어떻게 도착했는지 모르겠다. 셔츠가 땀으로 흠뻑 젖어 있었다. 단지 해변에 도착했을 뿐인데 엄청난 성취감이 느껴졌다. 암흑과 공포 속의 운전이었지만 바다에 도착하자 정신은 온통 바다에만 쏠렸다. 좁은 차안에서 낑낑대며 슈트로 갈아입고 폭우 속에서 보디보드에 왁스를 바른 후 바다로 향했다.
쇼어 브레이크(해변에서 부서지는 높은 파도로, 급격한 수심의 차이로 매우 위험하다)를 몇 번의 덕 다이브(서퍼가 다가오는 파도를 뚫고 바다로 나아가는 기술)로 뚫고 겨우 라인업을 했다.

보드 위에 앉아 다가오는 거대한 파도 중 탈 만한 걸 골랐다. 빗방울이 수면에 튀겨 눈을 뜨기조차 힘들었다. 잿빛 파도는 내 키를 넘겨 일렁이고 있었다. 스웰(파도의 너울 즉 파도가 터지기 전 높게 일렁이며 이동하는 상태)이 높게 출렁이지만 전체적으로 파도가 부서지지 않아 결코 서핑하기에 좋은 파도는 아니었다.

그 악천후의 바다 위에 열 명 정도의 서퍼가 있었다. 다들 앞이 안 보이는 폭우를 뚫고 와 바다에 뛰어든 것이다. 바다는 비에 젖지 않는다. 우리도 젖지 않았다. 눈이 마주치는 서퍼들은 묘한 유대감을 느꼈다. 우린 조각조각 회색 바다 위에 떠 따가운 비를 맞으며 쓸 만한 파도를 기다렸다. 저 먼바다 위의 검은 비구름 속엔 잘 모르는 거대한 생명체가 도사리고 있는 것만 같았다.

운전과 파도타기 중 과연 더 위험한 건 무엇일까? 살면서 피하려고 해도 어쩔 수 없이 마주치게 되는 위험은 너무도 많다. 그 모든 것보다 운전과 파도타기가 더 위험하다고 말할 수는 없다. 위험과 위험 사이에서 삶을 즐기는 것. 어쩌면 그것만이 삶을 살아가는 유일한 방법일지 모른다.

파도 타기와
운전 하기…

바위

둘 중 뭐가 더 위험할까?

흠…

너 지금
무지 위험해
보인다?

후다닥

2020/1/13

밤사이 기온이 영하로 떨어졌다.
어제 밖에 말려둔 슈트가 걱정이다.
북쪽에서 불어온 바람 덕분인지 공기는 깨끗하다.
해는 7시 40분경에 뜰 것이다.
버스 시간을 정확히는 모르지만
바다에서 나오자마자 터미널행 버스를
타러 가야 한다.
아침은 못 먹을 거 같다.
월요일 아침이라 그런지 바다엔 아무도 없다.
바다에 들어가기 망설여진다.

겨울 슈트가 정말로 바짝 얼어 있었다.
과연 입을 수 있을까 싶다.
일단 샤워실로 가지고 들어갔다.
옷을 벗고 뜨거운 물로 슈트를 녹인다.

추운 날에는 슈트를 더운물이 담긴 바스켓에 담가
운반한다고 들었다.
젖어도 입을 수 있다는 얘기였다.
그래서 따뜻해진 슈트를 입기 시작했다.
두꺼운 겨울 슈트를 입고 벗기가 훨씬 수월해졌다.
요 며칠 요령도 생겼고 새 슈트가 조금 늘어난
덕분이다.

해변에 섰다.
파도는 어제와 비교할 수 없을 정도로 작아져 있다.
하지만 꽤 깨끗하게 들어온다.
발에 밟히는 모래가 얼음가루 같다.
해변에 앉아 핀을 신고 문제의 리시를 보드에
끼운다.
(며칠 전 리시가 끊어져 마트에서 구한 나일론 줄을
이용해 임시로 묶었다.)
손이 서핑 장갑에 잘 들어가질 않는다.

바람이 솔솔 불어와 손이 꽁꽁 얼어붙는 것만 같다.

마음이 급하니 장갑이 더욱 꼬인다.

장갑과 싸우며 고개를 드니 해변 저쪽 끝에 불빛이
보인다.

누군가 어둠 속 해변에서 불을 피우고 있다.

잠시 고민한다.

'저기서 손을 좀 녹이고 들어갈까, 이대로 들어가면
안 될 거 같은데.'

그러나 불을 쬐면 왠지 바다에 들어가는 건
그만두게 될 것 같다.

손에는 억지로 절반 정도만 장갑을 끼운 채
바다로 뛰어들었다.

물속이 오히려 따뜻하다.

아예 푹 젖으니 장갑이 쑥 들어갔다.

어서 몸을 움직여야 한다.

부지런히 패들링을 해 금세 라인업했다.

파도가 크지는 않지만 모양이 좋다.

해가 떠올라 눈이 부시다.

하지만 덕분에 다가오는 너울의 그림자가 보인다.

파도가 부서지는 위치도 정확히 알 수 있다.

몇 개를 잡아탔다.

어제와 그제의 파도에 비해 신통치는 않다.

따뜻한 바다가 그립다.

가볍게 입고 따뜻한 햇살 속에서 파도를 타고 싶다.

언제쯤 두꺼운 서핑슈트를 입고도

자연스럽게 바다와 어울릴 수 있을까.

조금 후 서퍼 두 명이 들어온다.

한 시간 조금 넘게 타고 뭍으로 올라왔다.

이제 버스를 타야 할 시간이다.

칼로 물 베기

어떤 보드를 사용하는지와 상관없이 파도타기는 일종의 '시합'처럼 할 수도 있고, 아니면 홀로 걷는 '산책'처럼 할 수도 있다. 모든 건 타는 이의 마음가짐에 달려 있다. 달리기로 빗대어 말하자면, 선을 일정하게 그어놓고 시간을 재며 승부를 겨루는 백 미터 달리기처럼 할 수도, 아니면 혼자 음악을 들으며 느긋하게 개천가를 조깅하는 기분으로 할 수도 있는 것이다.

내 경우엔 언제나 라인업할 땐 여유로운 마음으로 풍광을 즐기며 파도를 타자고 마음먹는다. 하지만 다른 서퍼들이랑 파도를 기다리며 바다 위에 떠 있다 보면, 곧 경쟁하고 있는 나를 발견한다. 금세 이리저리 보이지 않는 신경전을 벌이며 눈치 게임을 하고 있다.

좋은 파도를 결정적 자리에서 남보다 먼저 타기 위해선 신경이 곤두설 수밖에 없다. 처음의 편한 마음으로 사람 좋게 미소지으며 파도를 하나둘 양보하다가는 한 시간에 단 한 개도 제대로 탈 수 없다. 한 번이라도 더 좋은 위치에서 큰 파도를 먼저 잡아타기 위해서는 싫어도 경쟁을 해야 한다.

아내는 내가 그러는 걸 이해하지 못했다. 그는 그냥 바

다에 떠 있는 것만으로도 마냥 즐거운 사람이다. 눈이 마주치는 사람마다 모두 인사하고 웃고, 웬만한 파도는 남들에게 양보한다. 만약 다들 타고 나간 후에 쓸 만한 파도가 있으면 그때 타거나, 아니면 모두 함께 타는 파티 웨이브(원래는 파도 하나당 한 명만 탄다)를 즐긴다. 그마저 자신에게 돌아오는 게 아무것도 없으면 그냥 바다 위에 둥둥 떠 파도가 없는 곳을 유유히 오가며 혼자 물놀이를 한다. 그런 아내의 눈에 나는 완전히 바보다. 평화롭고 아름다운 바다 위에서 단지 파도를 먼저 타겠다고 치열한 경쟁을 벌이다니.

바다 위에서 아내는 '산책'을 하고 나는 일종의 '경쟁'을 한다. 누가 진정한 파도타기를 하고 있는가. 정답은 없다. 파도는 자신의 방식대로 즐기면 된다. 세상 모든 서퍼들이 각자의 방식으로 즐길 수 있을 만큼 파도의 얼굴은 다양하고 바다의 마음은 드넓다.

* 누구나 궁금해하는 보디보드를 이용해 파도타기

보디보드에 앉아 있으면 듣는 질문이 있다. 서퍼들이나 한 번도 파도타기를 해본 적 없는 사람들이 다가와 묻는다. "그건 이름이 뭐에요?"

서핑과 보디보드(부기보드) 타기는 다르지 않다. 올라타는 물체가 다르고 타는 방법도 다르지만 파도를 이용한다는 점에서는 똑같다. 그러니 앞에서의 이야기들이 그대로 적용된다. 느긋하게 타든 목숨 걸고 타든 그건 파도 타는 사람 마음이다.

보디보드를 타기 위해선 배꼽까지 오는 스티로폼 재질의 보디보드와 오리발(보통 핀이라고 하는데, 여기선 서핑보드에 달려 있는 핀과 구별하기 위해 오리발로 적는다)이 필요하다. 보디보드용 오리발은 일반 잠수용 오리발과는 달리 조금 더 딱딱하고 길이가 짧다. 패들링과 순간적인 발차기의 힘을 이용하기 때문이다. 보디보드용 오리발은 또 다른 중요한 역할도 하는데 그건 서핑보드 핀의 기능이다. 일반적으로 보디보드에는 핀이 없다. 그래서 파도 면을 탈 때 두 발에 낀 오리발을 서핑보드의 핀처럼 이용한다.

보디보드는 이름에서 알 수 있듯 몸 전체를 이용한다. 몸통을 서핑보드처럼 사용한다고 해서 이름이 보디보드다. 서핑보드보다 더 격렬하고 원시적인 파도타기라고 할 수도 있다. 나는 '보디보드'란 이름보다는 '부기보드'란 이름이 더 좋다.

1971년 하와이의 '톰 모리Tom Morey'라는 사람이 서핑보드를 두 동강 낸 듯한 '모리부기'란 걸 만들어서 파도를 타기 시작했다. 그는 재즈광이어서 자신이 만든 파도타기 도구에 재즈의 한 장르인 '부기우기boogie woogie'를 따 '모리부기'라 이름 붙였다. 이후 한 보드 회사가 그에게서 '모리부기'를 인수하게 되었고 '부기보드'란 이름으로 상표등록을 했다. 그래서 다른 후발 업체들은 '부기보드'란 이름을 사용할 수가 없었다고 한다. 대안으로 만들어낸 이름이 지금의 '보디보드'라고. 그러니 '부기보드'랑 '보디보드'는 같은 것이다. 이 책에선 앞으로 '부기보드'라고 부르겠다.

롱보더

숏보더

부기보더

거북이

파~

↑
숨쉬러 가끔 나온다.

부기보드 vs. 서핑보드

부기보드와 서핑보드가 말 그대로 창이나 칼 같은 무기라면 어느 쪽이 유리할까? 왜 이런 얘길 하냐면 파도를 타다 보면 보드가 정말 흉기처럼 느껴질 때가 있기 때문이다. 둘이 물리적으로 부딪치면 어떻게 될까? 답은 정해져 있다. 서핑보드가 승리할 가능성이 크다.

부기보드는 여러 겹의 스티로폼으로 만들어진다. 최근엔 고급 사양 가운데 탄성을 위해 경량 스트링거가 한 개 이상 삽입된 경우도 있지만 기본적으로는 겹겹의 스티로폼 덩어리다. 반면 서핑보드는 스티로폼으로 만든 것(펀보드라고 부른다)도 있지만 일반적으로 표면에 합성수지 등의 단단한 소재를 사용한다. 게다가 전체적으로 부기보드보다 최소한 두 배 이상 크고 양 끝이 뾰족하다. 결정적으로 보드의 뒤쪽 하단에 핀이 한 개 이상 달려 있는데 그것은 딱딱할 뿐만 아니라 칼처럼 얇고 날카롭다. 그러니 무기로 치자면 서핑보드가 일방적으로 우세하다 할 수 있다. 부기보드가 테니스공이라면 서핑보드는 야구공이랄까.

처음 내가 부기보드를 타기 시작한 곳은 하와이 오아후

섬 퀸스 비치였다. 그곳이 부기보드를 타기에 좋았던 점 중 하나는, 부기보드만 탈 수 있는 해변이었다는 점이다. 어디 안내판이 있거나 한 것은 아니었지만 와이키키 월wall을 기준으로 좌우로 백 미터 정도가 그랬다. 덕분에 노인과 아이, 관광객 들이 마음 놓고 부기보드를 탈 수 있었다. 말하자면 동네 어린이들의 놀이터 같은 곳이었다. 아이들이 방파제 위에서 파도 위로 뛰어내리고 부기보드를 뒤엉켜 타며 부대끼고 뒤집어지고 엎어져도 뭐라 하는 사람이 아무도 없었다.

가끔씩 잘 모르는 관광객이 서핑보드를 가지고 들어오면 안전요원이 나가달라고 경고 방송을 했다. 그도 아니면 터줏대감인 부기보더 로컬들이 그에게 다가가 위험하니 나가달라고 정중하게 눈을 부라리며 얘기했다. 그는 그제야 주위에 서핑보드를 가진 사람이 자기 혼자인 이유를 깨닫고 사과하며 서핑보드를 탈 수 있는 옆 해변으로 옮겼다. 하지만 그런 부기보더만을 위한 해변은 하와이에도 그리 많지 않다. 대부분 서퍼와 부기보더가 해수욕하는 이들과 함께 뒤섞여 한 해변에서 파도를 즐긴다.

부기보드든, 서핑보드든 파도를 타는 건 위험하다. 그래도 둘 중 어느 쪽이냐 하면, 서핑보드로 인한 사고가 훨

씬 많다. 파도는 아름다운 서핑보드를 날아오는 거대한 흉기로 만들 수 있다. 그래서 서핑의 기초를 배울 때 안전에 관한 집중 교육도 받는다. 바다 위에서의 사고도 도로 위의 교통사고만큼 위험하기 때문이다.

그에 비해 부기보드는 덜 위험하다. 부기보드에 머리를 얻어맞거나 서로 충돌해도 큰일이 생길 염려가 적다. 물론 그건 서핑보드에 비해 상대적으로 그렇다는 것이지 절대적인 것은 아니다. 같은 조건에서 사고가 났을 경우 부기보드가 서핑보드보다 조금 덜 위험하다는 이야기다. 하지만 역시 바다는 알 수가 없고 우리의 운명도 예측할 수 없다. 그러니 언제나 무조건 조심하는 게 좋다. 부기보더도 서퍼들의 룰을 철저히 지켜야 한다.

아직 얘깃거리가 더 남았다. 서퍼와 부기보더가 파도타기로 대결을 한다면 과연 누가 이길까? 이런 문제는 정답이 없다. 뭐가 되었든 개인의 실력이 뛰어난 이가 이긴다. 이건 거의 축구가 더 재미있느냐 야구가 더 재미있느냐같이 조금은 부질없는 질문이다. 축구팀 토트넘과 야구팀 다저스가 시합을 해 우월성을 증명할 수는 없다. 서핑이 서서 타니까 엎드려 타는 부기보드보다 더 우월하다고 생각할 수도 있다. 실제로 바다에 나가면 부기보드를 보는 서퍼의 눈이 그리 곱지 않을 때가 있다. 일부 서퍼들은 '저건 또 뭐야?' 하는 눈치다. '방해되고 거치적거려. 해변에서 놀지 왜 여기까지 나왔어?'라는 듯하다. 눈이 마주쳐 인사를 해도 그냥 무시하고 가버리기 일쑤다. 우리나라엔 부기보더가 별로 없어서인지 특히 더 그렇다.

그런 이에겐 사용하는 도구만 다를 뿐 똑같이 파도를 즐기러 온 사람이란 걸 알려주고 싶어진다. 방법은 간단하다. 크고 좋은 파도를 피하지 않고 보란 듯 잘 타면 된다. 큰 파도를 탄 후 라인업으로 돌아오면 서퍼들의 눈빛이 달라져 있다. '아, 미안. 너도 서퍼였군' 하는 눈치다. 다만 문제는, 크고 좋은 파도를 서퍼들보다 먼저 잡아타기가 쉽지 않다는 것뿐.

찌르기

베기

때리기

눈치

운전자는 신호등이 없는 사거리에서 서로 눈치를 보게
된다. 안 그러면 위험한 상황이 닥칠 수 있기 때문이다.
사고 방지를 위해 서로의 진로를 확인하고 차들은 조심
스럽게 살살, 천천히 움직이게 마련이다. 바다에서도 마
찬가지다. 파도를 타려면 눈치를 봐야 한다. 사실 눈치가
없으면 파도타기는 거의 불가능하다.

우선 파도의 눈치를 봐야 한다. 파도가 어디쯤 오는지
언제나 바다 쪽에서 오는 스웰을 주시해야 한다. 드디어
파도가 오면 어디쯤에서 터질 것인지 미리 가늠한다. 파
도가 부서질 위치와 크기를 봐가며 앞으로 혹은 뒤로,
옆으로 이동하며 자신의 위치를 조정한다. 좋은 파도가
와도 내가 그걸 잡아탈 수 있는 포인트에 없으면 아무
소용이 없으니, 파도 눈치 보기는 파도타기에서 가장 중
요한 요소라고 할 수 있다.

다른 서퍼의 눈치도 살펴야 한다. 옆이나 앞, 뒤에서 누
군가 탈 준비를 하고 있는지, 누가 우선순위인지 확인
한다. 누군가 패들링을 시작했어도 그 위치에서 그가 탈
수 있는지 없는지까지도 눈치채야 한다. 그가 파도를 못

잡는다고 나까지 못 탈 순 없으니까. 눈치가 없으면 아무도 오르지 못한 채 좋은 파도를 그냥 보낼 수도 있다. 만약 같은 파도에 함께 탔더라도 우선순위가 밀리면 재빨리 파도에서 내리는 게 서로를 위해 좋다. 그게 기본적이고 절대적인 매너다. 파도를 기다리며 뒤쪽도 계속 주시해야 하는데 내가 만약 파도를 잡아타더라도 진행 방향에 다른 서퍼들이 장애물처럼 흩어져 있다면, 온전하게 타는 게 불가능하기 때문이다.

사실 이 모든 걸 눈치 있게 확인한다는 건 꽤나 복잡하고 어려운 일이다. 온 정신을 집중해야만 해낼 수 있다. 눈치로 여러 가지 형편을 살피지 않으면 파도는 탈 수가 없다. 계속 사방을 보고 확인하고 생각하고 임기응변하지 않으면 정말 대형사고가 날 수도 있다. 바다에서 파도를 타는 건 도로 위에서 스스로 신호등을 매달고 차선을 그리면서 달리는 것과 비슷하다.

눈치게임에 실패하는 경우 중 가장 주의해야 하는 한 가지가 '드롭'이다. 나보다 우선권이 있는 서퍼 누군가가 파도를 먼저 잡아탔는데, 그걸 모르고 같은 파도에 올라타는 게 드롭이다. 원칙적으로 파도 하나에는 단 한 명만 올라갈 수 있으므로 후에 그 파도에 오른 사람은 모두 드롭이라고 할 수 있다. 드롭을 하면 안 되는 이유는 간단하다. 위험하기 때문이다.

퀸스 해변에서 처음 보디보드를 시작했을 때 나는 수도 없는 드롭을 했다. 변명하자면 룰을 전혀 모르고 시작했기 때문이었다. 내가 파도를 타려고 하면 언제나 누군가가 그 파도 위에 있었다. 눈치가 없어서 파도의 원리를 잘 몰랐다. 우선권을 누가 갖는지도 몰랐다. 아슬아슬 위험했던 순간도 있고 실제로 부딪친 적도 있다(역시 보디보드라 다치진 않았다). 상대방에게 미안하다고 하긴 했는데, 왜 그렇게 되었는지 정확한 원인을 알기까진 꽤 시간이 걸렸다.

우선권 때문에 실랑이를 벌인 적도 있다. 오아후 섬 북쪽의 알리 비치에서였다. 로컬 숏보더 하나가 내 왼쪽에 있다가 파도가 다가오니 갑자기 오른쪽으로 위치를 바꾸었다. 파도가 오른편에서 오고 있었으므로 순식간에 우선권을 가져간 것이다. 난 미리 준비를 하고 있었기 때문에 눈치도 없이 그냥 잡아탔는데, 라인업에 돌아오니 그가 엄청나게 화를 냈다. 자기가 우선인데 내가 룰을 어겼다는 거였다. 연신 미안하다고 하는데도 그는 불같이 화를 냈다. 나중에 알고 보니 그건 그가 매너가 없었던 경우로, 스네이킹(일종의 새치기) 즉 텃세였다.

텃세 이야기가 나와서 말인데 바다에선 무조건 인사도 잘 하고 싹싹하고 사람 좋게 웃는 게 좋은 전략이다. 그 역시 눈치가 필요하다. 처음 간 바다에서는 특히 더 그렇다.

생각보다 세계의 바다엔 서핑 텃세가 있는 곳이 꽤 많다. 한 서핑 도서(호놀룰루 '반스앤노블'에서 본 책이다)엔 세계의 서핑 텃세 지역을 강, 중, 약으로 표시한 지도가 있었다. 그러니 세계의 어느 바다를 가건 그냥 무조건 먼저 웃고 인사 잘 하는 게 좋은 파도를 만날 수 있는 최고의 방법인 것이다. 당연한 말이지만 좋은 기분이어야 좋은 파도도 만날 수 있다. 눈치가 없으면 파도도 없다. 눈치를 살피다 보면 일취월장하는 게 바로 파도타기다.

물의 언덕

그토록 위험하고 신경 쓸 일이 많음에도 파도타기에 중독되는 이유는 무엇일까. 파도타기는 어린 시절 해 질 녘까지 "한 번만 더!"를 외치며 타던 미끄럼틀과 비슷하다. 경사면을 주르륵 타고 내려올 때의 그 즐거움을 안다면 누구나 중독될 수밖에 없다. 파도타기는 스키, 스케이트보드, 썰매, 스노보드를 타는 것과도 비슷하다. 파도타기가 그런 탈것들과 다른 점이라면 타고 내리는 경사면이 물로 되어 있다는 것뿐이다.

물로 만들어진 경사면이라 좋은 점은 아무리 넘어지고 자빠져도 크게 다치지 않는다는 것이다. 물에 거꾸로 처박혀도 짠물만 좀 먹을 뿐 물리적인 타격은 거의 없다. 물론 물속에 바위가 있다거나 다른 장애물이 있다면 얘기가 다르겠지만.

파도타기의 또 다른 경이로운 점은 그 경사면이 계속 움직이고 변화한다는 것이다. 시시각각 움직이는 이 물로 된 언덕은 처음엔 적응하기 무척 어렵지만, 일단 빠져들어 원리를 깨닫고 즐기다 보면 굉장한 놀이 기구로 변신한다.

파도의 원리라는 게 거창한 건 아니다. 파도가 다가오고

그 힘이 나를 밀어준다. 파도의 힘과 부력으로 몸이 두 둥실 떠오른다. 파도의 편차가 커지면 그만큼 내려오는 힘이 강해진다. 달 위의 우주비행사처럼 무중력 상태로 붕 떠올랐다가 내려오는 것 같은 기분을 느낄 수 있다. 파도타기란 올라갔을 때의 가장 높은 점에서 내려왔을 때의 가장 낮은 점으로 이어진 경사면을 중력의 힘으로 타고 내려오는 것이다.

물로 만들어진 움직이는 언덕은 보는 것만으로도 무척 아름답다. 그 경이로운 자연의 움직임은 마치 우아하고 거대한, 살아있는 백악기의 동물 같다.

파도타기의 원리는 간단하다.

가만히 있으면 파도는 그냥
지나간다.

하지만 파도가 왔을 때
속도를 내면?

파도는 우리를 밀어준다.

2020/6/7

그토록 바쁘게 살아온 이유가
바다 위에 두둥실 떠서
언제 올지 알 수 없는 파도를
하염없이 기다리기 위해서였다고 생각하니
피식 웃음이 난다.

나는 늘 바빴다.
걸음도 빨랐다.
밥도 빨리 먹었고
술도 빨리 마셨고
담배도 빨리 피웠다.
심지어 일도 빨리 했다.
그렇게 빨리빨리 산 덕에
자투리 시간을 많이 모으게 된 것일까.
그 자투리를 이어 붙여

지금 바다에 두둥실 떠서
알 수 없는 파도를 기다린다.

가진 게 많아
유유자적한다고 말하겠지만,
내가 가진 것은 그렇게 긁어모아둔
자투리 시간이 전부다.

바다 위에 두둥실
파도를 기다리며
자투리 시간을 조금씩
야금야금 먹고 있다.
기워 붙인 이 시간마저 다 떨어지면
그땐 정말 아무것도 안 남아 있겠지.

코끼리

습기와 땀으로 옷이 젖는다. 사방엔 온통 식물과 흙의 냄새뿐이다. 나는 원주민이 가축 삼아 키우는 늙은 코끼리 위에 앉아 있었다. 코끼리 등짝 위에 앉아 그 걸음걸이에 맞춰 엉덩이를 들썩인다. 코끼리와 나는 인기척 없는 정글 속을 가로질렀다. 지구 위에 얼마 남아 있지 않은 정글, 캄보디아 북쪽 '몬둘키리'라는 오지였다.
문명과 사람의 발길이 뜸한 곳에 가본 적이 있다면 알 것이다. 그런 장소는 냄새부터 다르다. 그 정글도 그런 곳이었다.

다큐멘터리를 찍으러 간 그곳에서 난 홀로 코끼리를 타고 정글로 들어섰다. 코끼리 주인과 촬영팀 없이 정글을 십여 분간 홀로 가로질렀다. 길이 없는 곳이라 코끼리 외엔 그곳에 들어설 수 없었기 때문이다. 코끼리는 평소 다니던 익숙한 곳인지 나를 태우고 유유히 움직였다. 촬영팀 차량은 정글을 뱅 둘러 목적지로 향했다.
코끼리 등에서는 오래된 고목나무 냄새가 났다. 녹색의 정글을 가로지르며 머릿속에 여러 가지 생각들이 스쳐 지나갔다. 코끼리는 발바닥 가죽이 두꺼워 뭘 밟아도 다칠 일은 없겠구나 하는 생각부터, 이대로 정글로 들어가 영영 세상으로부터 잊히는 것은 아닐까 하는 걱정 등등. 정글의 뜨거운 열기에 점점 압도되어갔다. 내 존재가 개미보다도 작아져 결국 모래알이 되어 자연의 일부가 되는 듯한 느낌이었다. 아련하게 슬퍼졌다.

그런 기분은 파도 소리 외엔 아무런 인기척이 없던 시나이 반도의 사막 끝 해변에서도, 외계 행성의 모습을 한 키나발루 산 꼭대기에서 떠오르는 아침 태양을 보면서도 느꼈다. 그것은 도시에서는 느낄 수 없는 독특한 자연의 냄새 같은 것이었다.

그런데 그런 특별한 장소에서나 느낄 수 있던 기분을 요즘 자주 느낀다. 태양이 떠오르는 아침 바다, 깨끗하고 차가운 공기의 바다 위에서 흔들리는 붉은 기운을 보고 있으면 그 모습에 단박에 압도된다. 자연을 경험하기 위해 그토록 멀리까지 여행할 필요가 없었던 거다.

바다 위로 태양이 떠오르기 시작하면, 곧 태양에 이끌리듯 파도가 함께 올라온다. 내 앞으로 다가온 높게 솟구친 파도가 해를 가린다. 그 파도의 그림자 속에 내가 있다. 나는 파도 그늘 속으로 다이빙해 들어간다. 파도를 뚫고 나오면 여지없이 눈이 부시다.

눈썹에 맺힌 바닷물이 태양빛에 반짝인다. 실눈을 뜬 채

다가오는 다음 파도의 그림자를 바라본다. 나는 태양을 등지고 발차기를 시작한다. 몸이 파도에 밀려 떠오르고 잠시 후 나는 파도의 면을 가로지른다. 얼굴로 물보라가 튄다. 바닷물 냄새가 진동한다. 코끼리 등짝에서 맡았던 냄새다.

코끼리라니 어이가 없군. 고래라면 또 모를까.

자연 속에서의 느낌을 말한 거지!

↑
미래의 나

비린내만 나는데.ㅋ

콩.콩.

비유 몰라요? 비유!

자연 많이 느끼라고~

쌰—

헐~ 파도가 언제 왔지?

간조 시간

그만 나갈까?

코로나 시대의 서핑

"앞으로는 파도가 좋은 곳으로만 여행을 하자."

"왜 계속 파도만 좇아 여행해야 하는데? 나는 다른 것도 보고 싶다고."

아내는 어째서 그런 걸 혼자 결정하느냐며 내게 이기적이라고 했다.

맞는 말이다. 남은 인생 파도만 타다 죽고 싶은 건 우리 집에 나 하나뿐이다.

오아후 섬에서 나는 아내에게 이끌려 순전히 시간 때우기로 부기보드를 타기 시작했다. 태양이 그토록 좋은 곳인데도 내가 에어컨이 나오는 커튼 친 방 안에서만 뒹구니 먼저 부기보드를 타보자고 한 것이다.

부기보드는 아내에게도 만만해 보였나 보다. 서핑보드에 비해 특별히 배울 것도 없어 보였고 필요한 건 이미 다 가지고 있었다. 사실, 아내가 부기보드를 옆구리에 낀 채 굳이 와이키키에 가자고 할 때마다 난 모양 빠진다며 귀찮아했다. 거기까지 가려면 인파가 붐비는 큰길의 상점가를 통과해야만 하는데, 그걸 들고 움직이는 게 거추장스럽고 민망했다. 부기보드는 뜨내기 관광객이

나 들고 다니는 물건, 혹은 아이들의 물놀이 장난감 같았다.

하지만 막상 들고 나가면 모래사장으로 치고 올라오는 파도를 타며 정신없이 놀았다. 너무 신이 나서 둘 다 어린아이로 돌아간 기분이었다. 생각보다 너무 재미난 우리 점점 더 깊은 바다로 들어갔다. 그러고는 조금 더 큰 파도에 도전했다. 파도 크기가 커지면 커질수록 더 흥미진진했다. 서핑보드를 배울 때와는 완전히 달랐다. 파도타기가 이렇게 즐거운 거였다니!

매일매일 부기보드를 탔다. 욕심은 자꾸만 커져갔다. 파도를 더욱더 잘 타고 싶어졌다. 원주민 아이들은 부기보드를 마치 고무공처럼 다루었다. 어떤 아이들은 부기보드와 한몸 같아 보였다. 나도 그 애들처럼 되고 싶었다. 도구에도 욕심이 생겼다. 부기보드용 오리발을 새로 샀고 얼마 후 보드도 새것으로 교체했다. 정작 아내는 스노클링용 오리발이라 부기보드 타기엔 적합하지 않았지만(너무 말랑한 고무라 순간적인 스피드를 필요로 하는 부기보드엔 적합하지 않다) 계속 그걸 썼다. 그러다 몇 달 후 한 짝을 잃어버린 후에야 하는 수 없이 부기보드용 오리발을 새로 샀지만 아내는 몇 년이 지난 지금까지 같은 보드를 쓰고 있다.

우리가 부기보드를 시작한 퀸스 해변의 가장 큰 특징은

와이키키 월이라는 벽의 존재였다. 일종의 방파제인데 와이키키의 관광객이 해변에서 안전하게 해수욕을 즐길 수 있도록 만들어놓은 벽이었다. 그곳을 기준해 바다를 바라보고 오른편은 와이키키, 왼편은 퀸스 해변으로 나뉜다. 아이로니컬하게도 그 벽은 관광객과 로컬을 나누는 벽이 되기도 했다.

퀸스 해변엔 와이키키와는 다르게 산호초와 날카로운 돌이 많다. 따라서 해수욕을 하기에 그리 적합하진 않지만 덕분에 파도가 거칠게 일어난다. 부기보드를 타기에 알맞은 환경이다.

퀸스 해변은 다시 두 구역으로 나뉘는데 비교적 안전하게 파도를 즐길 수 있는 모래사장 쪽과 위험 구역이라 불리는 와이키키 월 쪽이다. 위험 구역은 와이키키 월에서 정면으로 백 미터 정도를 말하는데, 화산암으로 된 꽤 크고 날카로운 암초가 물밑 곳곳에 숨겨져 있어 바닷속 사정을 모르는 이가 들어가기엔 꽤 위험한 곳이다. 그것이 퀸스에 관광객이 별로 없는 이유이기도 하다. 나는 부기보드를 타다가 꽤 많은 흉터를 얻었는데 찢기고 까진 내 상처들은 모두 그곳에서 생겼다. 거기가 위험 구역이라고 해서 들어가면 안 된다거나 막는 이가 있는 것은 아니다. 그저 위험하니 알아서 조심해라 하는 분위기다. '자기 몸은 자기가 알아서'가 그 바다의 기본 룰이다.

허리케인이 다가오면 파도가 집채만 해지면서 바다에 들어가지 말라는 경고 방송이 나온다. 하지만 그렇다고 해서 파도 타러 들어가는 걸 막진 않는다. 그런 높은 파도를 타는 서퍼들이 하와이엔 흔하기 때문이다. '들어가고 싶으면 들어가. 대신 네 목숨은 알아서 챙겨라'인 것이다.

어느 정도 파도를 잡아탈 수 있게 되었을 때 난 위험 구역으로 자리를 옮겼다. 당연히 겁이 났지만 더 큰 파도를 타고 싶은 욕망이 공포심을 한참 앞섰다.

아내는 계속 타던 해변 쪽에서 파도를 탔다. 그는 더 큰 파도에 대한 욕심도 없었고 그쪽 바다에서 항상 만나는 친구들도 생겼기 때문이다. 아내는 어딜 가든 친구를 만든다. 그에겐 새 친구들이 생겼고 나는 파도를 친구 삼았다.

그 퀸스 해변이 나의 부기보드 선생님이라 할 수 있다. 일 년 반 동안 거기서 부기보드 타는 법을 어깨너머로 익혔다. 곁눈질과 경험으로 배운 탓에 시간이 꽤 걸렸다. 운동신경이 둔하고 몸이 늙어서 더욱 더뎠다.

한참 부기보드 타기에 달아올랐을 때, 계절이 바뀌어 겨울이 되니 오아후 섬 남쪽은 파도가 작아지다 못해 거의 사라졌다. 바다가 호수처럼 잔잔했다.

퀸스 해변에서 사귄 '무릎 부기보드'를 타는('드롭 니 부기보더'라고 한다) 크리스라는 하와이안 친구가 겨울철에 부기보드 타기 좋은 곳을 알려주었다. 겨울엔 북쪽 해변이 파도가 좋다고 했다. 북태평양의 겨울 태풍 때문이다. 동쪽과 서쪽 해변도 알려주었는데 양쪽은 시시각각 파도의 크기가 달라지므로 그때그때 인터넷의 기상도를 참고할 필요가 있었다. 그런데 정작 본인은 겨울엔 거의 파도를 안 탄다고 했다. 늙어서 멀리까지 다니기 귀찮고 피곤하다는 게 이유였다. 나중에 알고 보니 그는 나보다 열 살이나 어렸다.

세계의 어느 곳에서도 서핑을 일 년 내내 할 수는 없다. 계절이 바뀌면 파도도 바뀐다. 계속 파도를 타고 싶다면 파도를 좇아 여행을 해야만 한다. 파도를 타는 이는 떠돌 수밖에 없다. 말하자면 서퍼는 파도 유목민인 것이다.

그래서 꺼낸 말이었다. 앞으로 파도가 있는 곳으로만 여행을 하겠단 말은.

예전엔 그저 새로운 곳을 여행한다는 것만으로 좋았다. 한때는 집을 떠난다는 것만으로도 그랬다. 항상 집에만 있어서인 거 같다. 늘 집에서 일했고 취미생활도 내 방, 책상 앞에서였다. 그러니 가끔씩 떠나는 것만으로 여행은 충분히 그 가치를 다했었다.

하지만 뭐든 익숙해지게 마련이다. 비행기를 타고 새로운 곳으로 여행을 다녀도 돌아오면 다시 똑같은 삶이 반복되었다. 떠나는 것 자체도 기계적이랄까 더는 감흥이 없었다. 그러다 운 좋게 아주 길게 집을 떠나 있을 기회를 얻었고 그 덕에 부기보드도 알게 되었다. 나이 오십, 인생의 전환점. 새로운 경험이 필요하게 되었을 때 파도타기를 알게 된 것이다.

이제 막 알게 된 파도타기의 즐거움. 그것을 위해 파도를 따라 여행을 다니려고 준비를 잔뜩 했는데, 느닷없이 코로나 바이러스의 시대가 되었다. 또다시 방구석에서의 일상이다.

한반도는 삼 면이 바다라 좋다는 말을 어려서부터 학교에서 들었다. 뭐가 그리 좋은 것인지 도통 알 수 없었다. 그런데 이제는 실감하며 살고 있다. 동해와 서해, 남해와 제주도까지. 파도에 둘러싸인 나는 코로나 시대에도 파도타기를 계속할 수 있어 행복하다.

비록 따뜻한 남태평양의 해류와 차가운 북대서양 해류를 당장에 경험할 수는 없지만 제법 만족하며 살고 있다.

나는 사실…

늘었다.

그럼에도 왜 파도를 타는가?

헛늘었기 때문.

2020/6/11

스프링슈트를 멋지게 차려입은
얼굴이 흰 서퍼들 사이를 가로지른다.
눈이 마주쳐 인사를 한다.
어떤 이는 인사를 받고 또 다른 이는 고개를 돌린다.
한참 동안 먼저 파도를 잡아타기 위해 경쟁을 벌이다
바다가 잠잠해지면 먼바다를 보며 공상을 한다.
머리 위를 비행하는
드론의 시선이 되어 나를 바라본다.

웬 중늙은이가
어린애 장난감 같은 짧은 보드에
오리발까지 끼고
서퍼들 사이를 첨벙첨벙 가로지른다.
그리고 마침내 파도를 타는 몰골은
개구락지가 따로 없네.

패들링 지옥

나이 마흔을 넘긴 어느 날, 나는 흔들렸다. 내가 해왔던 일들이 과연 가치가 있는 일이었을까? 지금까지 해왔던 작업은 다 무엇이었을까? 그림을 그려 책에 싣고 전시장 벽을 장식하는 것이 과연 내게 어떤 의미였는지 의심이 들기 시작했다. 그림 그리는 일이 내 삶의 전부였으므로 그것은 내 인생에 대한 회의였다.

하지만 지금까지 그래왔던 것처럼 그럴수록 더 열심히 적극적으로 일했다. 삶은 여전히 바쁘게 돌아갔다. 그러나 그런다고 질문이 사라지는 것은 아니었다. 시간이 지날수록 삶을 제대로 살지 못했다는 생각이 들었다. 난 왜 잘못된 선택을 반복했을까. 왜 중요한 순간순간에 더 현명하게 선택하지 못했을까 하는 후회가 밀려왔다. 인생을 낭비한 것은 아닌지 괴로웠다.

파도를 타는 이는 라인업을 위해 끊임없이 양팔을 저어 패들링을 해야 한다. 보드에 엎드려 노를 젓듯 팔을 움직여 파도를 향해 앞으로 나아간다. 한데 파도가 너무 거세면 패들링을 아무리 해도 제자리일 때가 있다. 아니 오히려 파도의 힘에 자꾸만 뒤로 밀려난다. 생각으로는 한 시간은 패들링을 한 것 같은데 제자리일 때, 그렇게 도저히 라인업에 도달할 수 없을 때 흔히 서퍼들은 말한다. '패들링 지옥'에 빠졌다고. 그건 신화 속 시시포스*가 겪은 지옥과 꽤나 비슷하다.

오아후 섬의 노스쇼어. 십 피트를 훌쩍 넘기는 엄청난 크기의 겨울 파도가 밀려왔고 서퍼들은 파도를 타기 위해 바다에 뛰어들었다. 나도 도전했다. 하지만 라인업조차 불가능했다. 해변으로 밀려든 대량의 바닷물은 태풍에 홍수가 난 강물처럼 완전히 옆으로 흐르고 있었다. 라인업을 위해선 경험과 체력이 절대적으로 필요했지만 나는 둘 다 부족했다. 단지 겁없이 무모했다. 나는 앞으로 나아가지 못하고 어느새 물길을 따라 옆으로 흘러가고 있었다. 삼십 분 넘게 그러다가 결국 육지로 돌아나왔다.

비록 실패했지만 그 도전 덕분에 내 능력을 알게 되었다. 누구에게나 가능한 것과 아닌 게 있다. 어쩔 수 없다. 바다에서 욕심을 내면 죽을 수도 있다. 자기 자신을 알고 도전해야 한다.

삶도 똑같다. 젊어서는 뭐든 다 가능한 줄 알았다. 열심히만 하면 무슨 일이든 해낼 수 있을 것 같았다. 하지만

---

* 언덕 정상에 이르면 바로 굴러 떨어지는 무거운 돌을 다시 정상까지 계속 밀어 올리는 벌을 받은 그리스 신화 속 인물

사람마다 능력이 다르고 환경이 다르다. 누군가에겐 간단하고 쉬운 일이지만 다른 이에겐 불가능한 일도 있다. 거기에 운도 꼭 필요하다.

자신을 모르고 도전하는 건 바보 같은 짓이다. 하지만 사람들이 모두 자신의 능력에 안주했더라면, 세상은 지금보다 훨씬 재미없었을 것이다. 그래서 우리는 여전히 도전한다. 어떤 목표에 도달해야 한다는 강박 때문이 아니라 살아있기 때문에.

지옥에서 벗어나려면 용기가 필요한 법이다.

사랑의 파도

파도를 타는 취미도 다른 것들과 마찬가지로 꽤 품이 든다. 여러 가지가 필요하지만 역시 가장 필요한 건 시간이다. 파도를 타기 위해선 시간이 절대적으로 많이 필요하다. 바닷가에 살지 않는 이상, '파도를 잘 타기 위해' 시간을 내는 일은 정말이지 어렵고 복잡하다. 당장 바다에 가기도 힘든데 파도가 좋은 시간에 맞추기는 더더욱 까다롭기 때문이다.

바다가 없는 도시에서 밥벌이를 하며 일 년에 몇 번이나 바다에 갈 수 있을까. 일 년에 몇 차례 어렵사리 바다에 간다고 해서 파도타기를 제대로 할 수는 있을까.

그래서 파도에 중독된 많은 서퍼가 아예 바닷가로 이사를 간다. 그것 말고는 파도를 맘껏 탈 수 있는 방법이 없기 때문이다.

말이 쉽지 이사를 한다는 건 큰 결정이다. 여러 가지 문제가 따르게 마련이다. 우선 함께 사는 가족들이 모두 동의해야 한다. 만약 함께 사는 가족이 없더라도 기존의 모든 인간관계와 환경을 재정립해야 한다. 이동 후에도 하던 일을 계속할 수 있어야 하는 것은 물론이다. 사실 시간, 인간관계고 뭐고 가장 중요한 문제가 있다. 바로 삶 자체를 재조정해야 하는 것.

파도타기는 인생 자체를 바꾸어놓는다. 삶의 모든 것을 파도에 맞추어 새로 정비해야 한다. 이쯤 되면 다들 고개를 절레절레 흔든다. 파도타기는 취미일 뿐인데 그깟 취미 생활 하려고 모든 것을 차치하고 바닷가로 떠난단 말인가. 파도타기가 그럴 만한 가치가 있는 것일까.

결국은 삶의 태도 문제다. 시간 낭비라고 생각하면 파도타기만 한 시간 낭비도 없다. 너무 많은 시간을 바다에 쏟아야 하니 일할 시간이 줄어들 수밖에 없다. 열심히 한다고 세계 최고의 선수처럼 파도를 타게 되는 것도 아니고 누군가 알아주는 것도 아니다. 알아주기는커녕 아마도 묵묵히 일하며 열심히 살아가는 생활인들에게 파도타기만큼 한가하고 한심해 보이는 짓도 없을 것이다.

"넌 왜 그를 사랑하니? 뭐가 그리 대단하다고. 네가 아깝다!"

어쩌면 사랑에 빠지는 감정과 다를 게 없는 듯하다. 매혹되는 이유를 도무지 모르겠고, 그럼에도 멈출 수가 없는 것. 그것으로 인해 정신과 육체가 고통스럽고 금전적으로나 인생에 있어서 큰 손해를 보는 것도 같지만, 그럼에도 그만둘 수 없는 것. 파도타기란 그런 것이다. 생

각보다 많은 것을 내놓아야 한다.

서울에 살면서 틈틈이 파도를 찾아 바닷가를 떠도는 나는 앞으로 어떻게 되는 걸까.

앞으로 무슨 일이 일어날지 알 수 없지만 그건 예전에도 그랬고 앞으로도 그럴 것이다.

'미래의 나'님
궁금한 게 있습니다.

무엇이냐?

서핑을 그렇게
열심히 하셔서
무엇을
얻으셨는지요?

얻다니
무얼?

남들 부동산 하고
주식 할 때 바다에
앉아 뭐하셨냐고요.

그게 '미래의 나'에게
할 소리냐? 나를
이렇게 만든 건
너잖아!

핑계
대지마!

또
혼자
싸운다

바다 위의 풍경

위치에 따라 관점이 달라진다. 물 위에서도 마찬가지다. 물 위에선 관점뿐 아니라 감각도 변한다. 눈앞에 보이는 세상은 온통 일렁거리고 끊임없는 파도 소리에 귀가 먹먹해진다. 그런 낯선 감각 때문에 불안이 엄습하기도 한다. 얼른 뭍에 올라가 두 발로 땅을 디뎌 일어서고 싶어진다.

하지만 물 위에서의 긴장된 짧은 시간이 지나면 곧 육지에서 보던 것과는 다른 모습들이 눈에 들어오기 시작한다. 물안개 사이로 보이는 풍경에 상상력이 더해진다. 이를테면 땅에 처음 올라왔을 원시 생명체의 눈으로 세상을 보는 공상을 해보기도 한다. 물 밖 세상이 궁금해 해변으로 올라왔을, 아직 물속에서 아가미로 숨을 쉬던 호기심 넘치는 생명체의 눈으로 해변을 바라보는 것이다.

밤새 폭우가 내린 아침, 중문 색달 해변의 모습은 다른 날과는 사뭇 다르다. 안개를 뚫고 축축한 모래를 밟으며 해변의 중간쯤으로 들어서면, 모래사장이 빗물 폭포에 깎여나가고 거기에 바다로 흘러드는 작은 강이 생겨 있다. 바다 위엔 온통 땅에서 쓸려나간 거뭇한 부유물들이

떠다닌다.

젖은 모래 위에 털썩 앉아 오리발을 신는다. 눈길은 먼 바다의 파도를 관찰하고 입수할 곳을 찾는다. 파도가 서핑하기 가장 좋게 터지는 곳을 골라 마음을 정하면, 일어서서 오른팔에 부기보드의 리시를 찬다. 바다로 다가가 오리발 끝에 물이 닿으면 몸을 숙여 손가락에 바닷물을 찍는다. 그리고 바다에 감사하고 안전을 기원한다.

라인업 후 해변을 돌아보니 모래사장에 새로 만들어진 작은 강 뒤로 하얀 폭포가 보인다. 어제는 없던 풍경이다. 절벽 위에서 모래사장으로 빗물이 콸콸 쏟아져 내리고 있다.

'해녀의 집' 쪽도 반대편 호텔 쪽도 어제와는 분위기가 딴판이다. 서서히 흐르는 물안개 사이로 보이는 인간이 만든 구조물은 더는 이 세상의 것이 아닌 것만 같다. 숲과 돌에 묻혀 수천 년이 지난 듯 보이는 그것들은 바다와 더불어 원시의 일부분이 되었다. 짙은 나무와 거친 바위에 둘러싸인 바다는 오래전의 바다, 한 번도 본 적 없는 그 먼 바다일지도 모른다.

파도를 기다리다

멍하니 풍경을 감상한다.

아,
자연은 아름답구나!

관광 왔냐!

과쾅-

집중해!

2020/7/7

바다는 어제는 미동도 없이
납작 엎드린 가자미를 닮았다가
오늘은 크라켄이 날뛰는 용광로처럼 변한다.
밀물 땐 또 다른 괴수라도 나타날 것 같은
자욱한 안개 속의 외딴섬이 되고
썰물 땐 머리 위로
화살 같은 폭우를 쏟아낸다.

빗방울이 뚝뚝 수면 위에 튕기는 걸 바라보며
보드 위에 앉아 파도를 기다린다.
빗방울이 튀는 수면은
멀리서 보면 움직이는 산등성이 같다.
켜켜이 겹쳐 오르내리는
안개 속 그 모습을 보고 있으면
멀리서 금관악기의 울림 같은 게 들려온다.

아마도 그건 아주 오래전에
흘러간 소리일 것이다.

관객

"에계~ 요 작은 파도가 내가 탄 파도 맞아? 파도 되게 컸는데? 이게 나야?"
"아마 맞을걸? 내가 다 봤거든."

바다에 들어가 가까이에서 파도를 보면 그 크기가 실제보다 많이 과장되어 보인다. 큰 파도를 타고 나왔다고 생각했는데, 막상 찍힌 사진이나 동영상을 보면 전혀 그렇지 않을 때가 많다. 영상 속 파도는 코앞에서 봤을 때의 대략 절반 정도이거나 그 이하로 줄어들어 있다.
무엇보다 가장 아쉬울 때는 정작 좋은 파도, 큰 파도를 탔을 때 아무도 보는 이가 없을 때다. 찍힌 영상들을 아무리 찾아봐도 꼭 그런 장면은 빠져 있다. 애초에 찍히지도 않은 것이다.

"아까 엄청 큰 거 탔는데 못 봤어? 올해 탄 최고의 파도였다고!"
"그래? 책 읽고 있었어."
"아니 그 환상적인 장면을 봤어야지, 책을 읽었다고?"
사실 서퍼가 가장 잘 보이는 곳은 물 밖이 아니라 물속,

바다 위다. 거리가 가깝기도 하거니와 서퍼들의 동선 때문에 더 그렇다. 내가 타는 걸 가장 잘 본 이는 다름 아닌 함께 파도를 타는 서퍼들이다. 그리고 당연히 그들이 타는 걸 가장 잘 볼 수 있는 것도 바로 나다. 파도를 타는 각각의 환상적인 장면을 생면부지의 서퍼끼리만 제대로 볼 수 있는 것이다.

서핑은 홀로 하는 스포츠 같지만 반드시 그렇지만은 않다. 홀로 바다에 들어가 안면이 전혀 없는 다른 서퍼들과 묘한 연대의식을 쌓는다. 만약 물 위에 있는 누군가에게 위험이 생긴다면 아마 근처 서퍼는 다들 그를 돕기 위해 힘을 합칠 것이다. 그래서 혼자서는 서핑하지 말라고 한다. 무슨 일이 생겨도 도움받을 동료가 없으니까.

서퍼들은 서로를 응원하는 것도 남다른 편이다. 누군가 잘 타면 자기가 목격한 걸 신나게 표현한다. 소리도 지르고 샤카*나 브이 사인을 보내며 응원한다. 나가고 들어가며 다른 서퍼가 타는 모습을 가장 가깝고 좋은 위치에서 볼 수 있기 때문이다. 가까이서 보면 파도는 더 대단해 보이고 그걸 타는 서퍼는 더 위대해 보인다. 극장으로 치면 '로열석'에서 파도타기를 보는 것이다.

그에 비해 물 밖의 관람객은 야구의 '외야석' 정도다. 너

---

* 엄지와 새끼손가락은 펼치고 나머지는 접는 제스처로 안녕, 고마움 등을 표하는 인사

무 멀어서 거기서 사진을 찍어봤자 모두 멸치같이 보일
뿐이다. 누가 누군지도 모르겠고 실력도 다 거기서 거기
같고.

아내는 언제부턴가 나의 파도타기 전문 사진가가 되었
다. 물이 차가워져 그가 바다에 들어가지 않게 된 후, 그

리고 내가 큰 파도에 푹 빠진 다음부터다. 비록 오래된 휴대전화를 들고 찍는 게 전부지만 그래도 나로선 뭐든 남길 수 있어서 감지덕지다.

조금만 생각해보면 파도 타는 사진을 찍는 것만큼 고역이 따로 없다. 입수 한 번에 제대로 된 파도를 얼마나 잡아타는 걸까 따져보니 열 번도 채 되지 않는다. 한 번에 두세 시간을 타는데 열 번도 제대로 못 탄다는 건 결정적 순간을 잡아 사진 찍기도 엄청 어렵다는 얘기다. 무엇보다 언제 파도를 탈지 알 수 없다. 그나마 뭔가 포착하려면 내가 파도를 타는 동안 내내 휴대전화 카메라로 피사체를 겨누고 있어야 한다.

거리가 멀어서 누가 누군지 잘 구별도 안 된다. 멀리 있는 피사체를 찍어본 사람은 잘 알겠지만 조금이라도 줌을 하면 피사체가 화면 밖으로 벗어나기 일쑤다.

알고 보니 아내는 남편이 어설프게 파도를 타는 사진 몇 장 남기려고 한 시간이 넘게 그 생고생을 하는 거였다. 덕분에 나는 남겨진 사진과 동영상을 보며 고쳐야 할 나쁜 버릇을 확인하고 실수도 체크한다. 그리고 조금 잘 탄 모습을 볼 때면 뿌듯해할 수도 있고. 감사 인사가 절로 나온다.

'고마워.'

어떤 땐 파도타기가 도 닦는 것처럼 고독하게 느껴진다. 홀로 몇 시간이고 물 위에 떠서 말없이 드문드문 오는 파도를 기다리니 어쩔 수 없다. 파도가 뜸할 때면 내가 추위에 떨며 지금 무슨 짓을 하고 있는지 모르겠어 부끄럽다. 하지만 솔직히 그러고 있는 내가 좋기도 하다. 이렇게 생고생을 해가며 파도타기에 온 힘을 다하는 것이 뭔가 나만의 가치가 있는 일인 것도 같다.

물론 아내가 찍어준 사진과 동영상을 보며 꼭 그렇지만은 않다고 느끼기도 한다.

서핑은 근본적으로 과시적이다. 이를테면 남들에게 완벽하고 우아한 모습을 보이는 체조나 피겨스케이팅 등과 비슷하다. 자기만족만큼 남에게 보이는 것도 중요하다. 그러니 서핑은 다분히 속물적인 행위인 것이다. '이

것 좀 봐라 나 이렇게 잘 탄다!' 하며 물 위에서 온몸으로 누군가에게 자랑하는 것이다.

내가 본 파도

객관적인 시선

내가 탄 파도

객관적인 시선

상어와 해파리

바다에는 여러 위험이 도사리고 있지만 그중에서 상어와 해파리를 빼놓을 수 없다.

〈하나레이 해변〉*이라는 무라카미 하루키의 단편소설이 있다. 그 소설엔 하와이 카우아이 섬에 있는 하나레이 해변에서 서핑중 상어의 공격을 받아 목숨을 잃은 서퍼 이야기가 나온다. 죽은 서퍼의 어머니는 아들을 기리기 위해 도쿄에서 그 섬으로 매년 여행을 간다는 내용이다. 짧은 소설인데 읽다 소름이 돋았다. 신묘한 단편이다.

상어에게 물리면 정말 죽을까? 아니 그보다 우리나라에 그럴 만한 상어가 있던가? 우리 바다에서 서핑을 하다 상어의 공격을 받았다는 이야기는 다행히 아직까진 들은 적이 없다. 하지만 안심할 수는 없다. 지구온난화로 수온이 올라가면서 종종 사람을 공격하는 상어가 근해에서 발견되고 있기 때문이다. 2019년에는 제주도 함덕 해수욕장에 백상아리가 나타나 상어 퇴치기를 설치했다고 한다. 이대로 온난화가 계속되면 우리나라에서 피해자가 나오지 않는다고 장담할 수 없다.

* 《도쿄기담집》(양윤옥 옮김, 비채, 2014)에 수록

그에 비해 해파리는 이미 부지기수로 나오고 있다. '에이 해파리 정도야'라 생각할 수도 있지만 만만하게 볼 생물은 아니다. 서퍼에겐 상어보다 해파리가 더 위험할 수 있다.

해파리는 종류가 다양하고 독을 품은 종도 많은데, 특히 해파리의 독은 치명적인 여러 독의 화학적 성분이 결합되어 해독제가 없는 경우가 많다고 한다. 그러니 일단 쏘이면 운 좋게 죽지는 않더라도 꽤 오랫동안 고통으로 고생할 수 있다.

가장 위험하다고 알려진 해파리는 '노무라입깃해파리'인데 큰 것은 이 미터까지 자란다고 한다. 치명적인 독이라 쏘이면 사망할 수 있어서 여름에 경보가 자주 내린다. 해파리 경보라니. 파도를 타려면 여러 가지로 확인해야 할 것이 많다.

난 상어보다는 해파리 쪽이 훨씬 두렵다. 해파리에게 두 번 쏘인 적이 있어서 그 고통을 잘 알기 때문이다.

처음에 쏘인 건 초등학생 때 동해안에서였다. 어느 해변이었는지는 모르겠지만 아버지 회사에서 간 야유회로 기억한다. 바다는 잔잔했고 난 아이들과 함께 고무보트를 타고 물놀이중이었다. 어른 한 명이 노를 젓고 아이들은 그 안에 앉아 노닥거리고 있었는데 나는 바다 위에 둥실 떠 있는 뭔가를 발견했다. 그건 꼭 붉은색 비닐조

각 같았다. 호기심에 대뜸 손을 갖다 댔다. 그런데 손가락이 닿는 순간 난생처음 느껴보는 고통이 손가락 끝을 타고 올라왔다. 그것이 내게 무슨 전기파를 쏘는 느낌이었다. 손을 뗐는데도 고통이 멈추지 않고 계속되었다. 나는 몇 시간 동안이나 울며불며 괴로워했다.

그다음은 약 사십여 년이 지나, 오아후 섬의 퀸스 해변에서였다. 그날 해변엔 해파리 경고판이 세워져 있었다. 하지만 꽤 많은 이들이 그걸 무시하고 파도를 타러 바다에 들어갔다. 나도 과감하게 경고를 무시했다.

파도를 기다리던 중 해초 같은 게 다리에 감기는 느낌이 들었지만 그러려니 하고 계속 파도를 탔다. 나중에 바다에서 나와보니 팔과 다리 여기저기에 마치 채찍으로 감긴 듯 붉은 자국이 좍좍 그어져 있었다. 처음엔 그저 따끔거리는 수준이었는데 가렵고 쑤시는 게 이 주가 넘게 갔다. 아주 성가시고 짜증스러운 고통이었다. 붉고 도드라진 흉터도 꽤 오래 남았다.

올여름 중문 색달 해변에 약 이 주 정도 해파리 경보가 내려졌다. 조심조심 라인업 후(조심한다고 피할 수 있는 건 아니다. 아예 바다에 들어가지 않는 게 좋다), 숏보드에 앉아 있는 옆 사람에게 해파리 못 봤냐고 물으니 어제 한 명이 응급차에 실려 갔다고 했다. 그의 얘기를 들어보니 해파리에게 쏘이면 일단 신고를 한다고 한다. 그게 맞다. 어떤 해파리인지 모르기 때문이다. 생명이 위험할 수도 있다. 해파리 얘기를 꺼내자 주변의 서퍼 모두할 말이 많아 보였다. 다들 해파리에 대한 나쁜 기억이 있었다. 서핑을 하다 보면 해파리는 피할 수 없다. 하지만 피하고 싶고 경험하고 싶지 않은 것과도 공존하게 마련이니까. 서핑도 삶도. 삶은 기쁨과 고통의 조각으로 번갈아 쌓은 모래성 같은 것이다.

다음은 무라카미 하루키의 〈하나레이 해변〉의 일부이다. 아들의 시체를 찾으러 온 어머니에게 섬의 경관은 이렇게 말한다.

"이곳 카우아이 섬에서는 이따금 자연이 사람의 목숨을 앗아갑니다. 보시는 바와 같이 이곳의 자연은 참으로 아름답지만 동시에 때때로 거칠고 치명적인 것이 되기도 하지요. 우리는 그런 가능성과 함께 여기서 살아갑니다. 부디 이번 일로 우리 섬을 원망하거나 증오하지 말아주셨으면 합니다."

썩지 않는 것들

보드 위에 앉아 파도를 기다린다고 해서 정면의 바다만 바라보고 있진 않는다. 바다 위에는 생각보다 다양한 종류의 새들이 날아다닌다. 갈매기, 기러기, 가마우지, 황새, 매 등등.

코앞으로 날치나 커다란 물고기가 더 큰 생선에 쫓겨 수면 밖으로 튀어 오르기도 한다. 제주도에선 서핑을 하다 운이 좋으면 우리나라 토종 돌고래인 상괭이도 만날 수 있다고 하는데, 작년 여름에 두 달간 있었지만 직접 보지는 못했다.

오아후 섬의 높은 하늘에선 이바iwa 새를 보았다. 하와이의 큰 섬에선 보기 힘든 바닷새지만 매일같이 바다에 나가다 보니 세 번이나 보았다. 육지에 착륙하지 않은 채 몇 달을 날 수 있다고 알려진 거대한 바닷새다. 세 번 모두 엄청난 고도를 날고 있었지만 실루엣이 독특해 한 번에 알아볼 수 있었다. 그 실루엣은 마치 시조새 같은 모양이다.

바다거북과 바로 옆에서 함께 파도를 탄 적도 몇 번이나 있다. 어린이들의 그림책에나 나올 법한 거짓말 같은 얘기로 들리겠지만 하와이 바다에선 흔히 있는 일이다. 손

에 닿을 만한 거리에서 바다거북이 숨을 쉬기 위해 불쑥 머리를 내밀곤 한다. 같이 라인업을 한 것처럼 포인트에 떠 있는 청년 바다거북과 한참 동안 같이 파도를 탄 적도 있다.

파도를 기다리다 보면 반갑지 않은 것들도 만나게 된다. 가장 황당했던 건 형광등이다. 양양의 죽도 해변이었는데 대형 형광등이 온전한 형태로 반쯤 잠겨 둥둥 떠 있었다. 제일 흔하게 보이는 건 플라스틱 어구와 과자 봉지, 음료수 페트병 등인데 안 보이는 날이 거의 없을 정도다.

크기가 작은 것들을 발견하면 무슨 소중한 물건이라도 되는 양 얼른 집어 접고 구겨서 호주머니나 슈트의 소매, 혹은 바짓자락에 쑤셔 넣는다. 하지만 커다란 것들은 어떻게 해볼 수가 없어 대부분 포기한다. 거대한 PVC 생선 바구니와 어업용 부표 같은 건 서핑을 하며 따로 챙기기가 어렵다. 그렇게 보고도 그냥 지나칠 때면 죄책감이 밀려든다.

해변도 바다 위만큼 심각하다. 온갖 쓰레기가 밀려와 쌓여 있다. 스티로폼, 플라스틱 어구와 과자 포장지 등등. 고의로 버려진 것도 있고 실수로 바다에 빠뜨린 것도 있을 것이다. 어찌되었든 모두 인간이 만들어낸 썩지 않는 쓰레기들이다.

새벽의 해변 모래사장에선 종종 방금 파한 것 같은 술자리도 맞닥뜨리게 되는데, 맥주 캔과 먹다 남은 음식이 앉아 있던 그 자리에 그 모양대로 남아 있다. '그저 가지고 왔던 봉지에 담아 쓰레기통에 버리면 될 텐데' 하며 한숨이 절로 나온다. 이런 모습을 바다에 갈 때마다 보다 보면 정말로 우울해진다.

'우리 이대로 괜찮은 걸까?'

다들 일본의 후쿠시마 오염수와 중국에서 날아오는 미세먼지는 걱정하지만 바다에 버려지는 쓰레기에 대해선 별생각이 없어 보인다.

누군가는 내게 긍정적인 마음으로 살라고, 더 노력하면 인간은 잘해낼 거라고 말한다. 하지만 공허하게 들린다. 그렇게 우울한 생각이 들 때면 바다에서 주워 담는 플라스틱 조각들이 정말로 하찮게 느껴진다.

파도수집노트

파도를 타고 바다에서 나오면 그 안에서 두 시간이 넘게 뭘 했는지 좀처럼 기억이 나질 않는다. 그래서 침대에 누워 순서대로 곰곰이 기억을 되짚어본다. 그러면 그제야 조금씩 좋았던 기억이 되살아나곤 한다. 맘먹고 기억을 추적해야만 겨우겨우 그날의 파도타기를 기억해낸다. 그런 노력마저 하지 않으면 모두 잊는다.

언젠가부터 노트에 그날그날의 파도타기에서 좋았던 점을 적기 시작했다. 그런데 노트를 삼분의 일정도 채울 때쯤 원래 기록하려던 방향과는 달리 엉뚱한 것만 적고 있다는 걸 깨달았다.

처음의 의도는 분명 파도타기의 과정들을 아주 자세히 적어 기억을 되살리는 게 목적이었다. 순간순간의 감정을 고스란히 남기고 싶었던 것이다. 다음 파도타기를 위한 반성이 될 수도 있고. 하지만 매번 적다 보니 모두 비슷했다. 말하자면 '요렇게 조렇게 해서 잘 탔다!' 하는 식이다.

그런 내용만으론 뭐가 어떻게 좋았는지 구체적으로 알수 없을 정도로 비슷하고 무미건조했다. 뭐 좋은 방법이 없을까 고민하다 그날의 특이했던 점들을 적어 넣기 시

작했다. 그렇게 하면 훗날 읽을 때 그날이 어떤 날이었는지 다른 날과 구분할 수 있겠다 싶었다.

그런데 계속 쓰다 보니 어느 날부터 파도수집노트에서 파도타기 이야긴 쏙 빠졌다. 아니 빠졌다기보다 파도타기에 대한 내용은 너무나 간단했다. 여전히 '좋았다' 아니면 '나빴다' 정도. 대신 다른 쓸데없는 얘기들이 몹시 장황했다. 바다에서 누군가를 만났다거나 끝나고 맛있는 걸 먹었다거나 파도는 안 타고 어디 다른 좋은 곳에 갔다거나 하는 식이다. 주종이 완전히 뒤바뀌었다. 하지만 솔직하게 말하면 그런들 뭐 어떠랴 싶다.

파도타기를 기억하기 위한 노트라고 해서 꼭 파도만 수집할 일은 아니다. 하루하루에는 파도타기 말고 다른 즐거움도 많다. 기억력이 나쁜 사람은 조금이라도 좋았던 일은 모조리 적어둘 필요가 있다. 인생에서 아름다웠던 일은 오직 기억하고 있는 것들뿐이니까.

무엇을
적고
있느뇨?

'미래의 나'님을
위해 제가
몇 자 적었습니다요.

오호-
날 위해?
기특한지고~

어디
좀 보자꾸나~

여기~

이게 날 위해
쓴 거라고?

쑥스럽습니다.

헤헷.

국수
시초   오늘의 메뉴
           멸치 칼국수,
           오징어 회
한라산
많았다

파도
타는 얘기는
왜 없어?

예?
파도라뇨?
그런건 기억이
가물가물...

이
가물치
같은놈...

2020/9/28

파도타기는 혼자 하는 것인 줄 알았다.
하지만 바다엔 언제나 사람들이 많다.

파도가 드문드문 오는 날,
파도에 굶주린 이들은
시간이 갈수록 바다 위에서 지쳐간다.
춥고 배고프고
날은 점점 어두워진다.

그러다 운 좋게
그럴듯한 모양의 파도를 먼저 잡아타면
그 순간이 너무나 행복해
고통의 시간들을 모조리 잊고
하루를 처음부터 다시 시작할 수 있을 것 같은
기분이 든다.

해변에 가로등이 하나둘씩 켜지고
서로의 얼굴을 알아볼 수 없을 정도로 어두워지면
뭍으로 돌아갈 시간이다.

해녀와 서퍼

제주도의 유명 바닷가에 가면 '해녀의 집'이란 이름의 식당이 있다. 해녀들이 운영하는 식당인데, 바로 그곳 앞바다에서 손수 따온 수산물로 요리를 해 내주는 곳이다.

이름은 모두 '해녀의 집'이지만 프랜차이즈마냥 그 맛이 다들 똑같지는 않다. 해녀들의 솜씨가 달라서인지 재료가 다른 것인지 어떤 곳은 맛있고 어떤 곳은 별 특색이 없다고 한다. 나는 이곳저곳 돌아다니며 먹어본 게 아니라 어디가 더 좋다 말할 처지는 아니다.

중문 색달 해변에도 주차장에서 해변으로 걸어 내려가는 내리막길에서 바다 쪽에 한 곳이 있다. 그 앞에는 화산암으로 된 검은 바위 무리가 있다. 그 바위 앞바다는 오래전부터 해녀들이 해삼, 멍게, 전복을 따는 곳이다. 그곳을 로컬 서퍼들은 듀크 포인트(듀크는 하와이의 전설적인 서퍼 듀크 카하나모쿠의 이름에서 따왔다)라고 부른다. 바위에 부딪혀 생기는 전형적 리프 브레이크*인 서핑 포인트다.

어느 날부터 갑자기 자기들의 해산물 밭에 멋대로 괴상

---

* 파도가 돌이나 바위에서 부서지는 곳. 초보 서퍼에겐 위험한 장소

한 이름을 붙이고 들락거리는 이들을 보고 해녀들은 무슨 생각을 했을까? 그다지 탐탁지 않았겠지만 딱히 관심이 없었을 거 같기도 하다. 해녀들은 그 험한 바다에서 삶을 꾸려간다. 파도 타는 이들쯤이야 지나가는 물개나 돌고래 정도로 보지 않을까.

실은 해녀와 서퍼는 바다를 이용하는 시간이 다르다. 물이 빠지는 간조 때는 해녀들이 들어간다. 깊이가 얕아지니 해산물 채취하기가 편하다. 물론 파도도 없을 때가 좋다.

파도가 올라오고 물이 차면 서퍼들이 들어간다. 얕으면 바위들이 돌출해 위험하지만 물이 깊어지면 서퍼가 넘어져도 다칠 위험이 줄어든다.

그렇게 그들은 같은 장소를 이용하지만 만날 일이 거의 없다. 마주치는 건 해녀가 식사를 제공하고 서퍼가 끼니를 때울 때뿐. 해녀와 서퍼는 같은 바다를 그렇게 공유한다. 그곳을 뭐라 부르든 간에.

안개가 꽤나 심하던 늦은 봄날 아침, 파도를 타기 위해 색달 해변에 갔다. 그런데 해변의 파도가 영 글러먹어 보였다. 듀크 포인트에만 약간의 파도가 '있는 것 같았다'. 어째서 '있는 거 같았다'고 하냐면, 안개 때문에 바다가 전혀 보이지 않았기 때문이다.

그렇다고 물러설 수는 없다. 바다에 도착하자 이미 내 심장은 쿵쾅거리고 있었다. 아내는 걱정을 했다. 안개 때문에 아무것도 안 보였고, 파도를 타러 온 다른 서퍼 역시 안 보였기 때문이다. 서퍼가 없는 건 다 이유가 있는 법이다. 파도가 없거나 아니면 위험하거나.

난 슈트를 입고 오리발을 신으며 아내에게 말했다.

"괜찮아, 작년에도 들어간 곳이야. 돌출된 바위 위치도 알고 조심하면 위험하지 않아."

걱정하는 아내의 얼굴 뒤로 '해녀의 집' 할머니 두 분이 테이블에 앉아 우릴 빤히 보고 있다. 눈이 마주쳐 인사를 했더니 뭐라고 소리를 지르신다.

"네? 뭐라고 하셨어요?"
"왜 글루 들가! 저기 계단 있응까 글루 들가! 다들 글루 다녀!"
(대충 내용을 적는다. 어떻게 알아듣긴 했는데 제주 사투리가 섞여 있어 정확히 옮길 수가 없다.)
"아…… 네. 고맙습니다."

해녀 할머니가 알려준 곳으로 갔더니 낮은 담벼락에 갯바위로 가는 두 칸짜리 콘크리트 계단이 있다. 해녀들이 입수하는 길이다. 그리로 가면 바위와 돌투성이의 얕은 물을 피해 입수할 수 있는 것이다.
나중에 그곳으로 입수하는 나를 여러 컷으로 찍은 아내의 사진을 봤다. 사진 속 나는 검은 바위에서 바다로 뛰어들어 안개 속으로 스르륵 사라지고 있었다.

듀크 포인트의 파도는 생각보다 크고 좋았으나 그만큼 공포가 느껴지는 파도타기였다. 안개 때문에 기껏해야 오 미터 정도 앞까지밖에 보이지 않았다. 그러다 보니 눈앞에 갑자기 파도가 들이닥치는 상황이 계속되었다. 그래도 부기보드는 롱보드처럼 많은 패들링을 필요로 하지 않고 길이가 짧아 그런대로 급하게 잡아탈 수는 있었다. 하지만 그런 상황이 계속되자 점점 더 당혹스러 웠다.

또 다른 문제는 내 위치를 알 수 없다는 점이었다. 바람 과 파도 때문에 계속 떠 있는 위치가 변하다 보니 파도 가 부서지는 위치를 체크하려면 지형지물이 필요했다. 그런데 안개 탓에 사방에서 아무것도 찾을 수 없었다. 가끔씩 어렴풋이 보이는 육지의 모습으로 위치를 잡으 려 했지만 무리였다.

갑자기 나타나는 돌출된 검은 바위들은 공포를 더욱 자 극했는데, 만약 충돌해서 부상을 입어도 나를 도와줄 사 람이 전혀 없었다. 아무도 없는 바다에 혼자 들어가지 말라는 룰을 또 어긴 것이다. 한 시간 정도 안개 속을 헤 매며 겨우겨우 몇 개의 파도를 소심하게 잡아타다가, 결 국 바위를 붙잡고 기어 나왔다.

아내는 해녀 할머니 두 분과 '해녀의 집' 앞 둥근 테이블 에 앉아 있었다. 내가 나오는 걸 보고 반가워했다. 그제 야 안심한 표정이다.

"어땠어?"

"파도는 나쁘지 않은데 아무것도 안 보여서 좀 무서웠어. 그래서 빨리 나왔어. 할머니들이랑 무슨 얘기했어?

"그냥 이런저런 얘기. 아, 세화 오일장에서 산 이 신발 해녀들 물신이래."

그러면서 아내는 빨간색 플라스틱 신을 신은 오른발을 들어 보였다. 해녀 할머니들의 발을 보니 모두 같은 신이다. 한 분은 보라색, 다른 분은 연두색.

"나보고 왜 같이 바다에 안 들어가냐고 해서 난 무섭고 너무 춥다고 했지. 그랬더니 와서 앉으라고 하셔서. 근데 제주도 사투리를 많이 쓰셔서 잘 못 알아듣겠어."

"그렇구나."

"코로나 얘기도 하고 식당 얘기도 하고. 여기 식당에서 일하는 해녀분들은 요일마다 돌아가며 나오신대, 일하러."

"그래? 특이하네. 언제 한번 와서 먹자."

우리는 해녀 할머니들께 인사를 하고 주차장으로 향했다. 제주도건 동해건 바닷가에 가면 노인들이 참 많다. 지나가다 꾸벅 인사를 하면 온화하고 인자한 얼굴로 인사를 받아주신다.

p.s.
해녀와 서퍼가 바다에 함께 있는 걸 봤다. 만조 때였고
파도도 좋았다.
함께 있기는 했지만 두 그룹은 어느 정도 거리를 두고
각자의 할 일을 하고 있었다.

간조입니다.
해녀님.

오냐.

물 들어온다.

예.

지친 파도

서핑보드 사이에서 부기보드를 타며 가장 곤란할 때는
파도 높이가 모호할 때다. 일 미터 정도 높이의 파도, 그
렇게 파도타기에 딱 적당한 파도가 있는 날이면 중급자,
초급자 할 것 없이 모두 바다로 몰려나온다.

아무래도 서퍼의 밀도가 높아지면 룰을 어기는 이도 늘
어난다. 진로를 방해하는 건 기본이고 한 파도에 서너
명이 올라타기도 하고, 수시로 초급자의 거대한 보드가
하늘을 향해 위험하게 치솟는다. 서퍼처럼 바다 위에 일
어설 일이 없는 부기보더는 파도를 잡아타더라도 상대
적으로 남들에게 잘 안 보인다. 그래서인지 우선권이 있
더라도 다른 서퍼들이 스네이킹을 하는 경우가 종종 있
다. 부기보더가 파도를 잡지 못했다고 생각하거나, 실제
로 보지 못한 경우다. 어떤 땐 부기보더가 파도를 먼저
잡은 걸 알고 있지만 무시하기도 한다.

뭐, 어쩔 수 없다고 생각한다. 그건 운전을 할 때와 매우
비슷하다. 양보하는 운전자도 있고 전혀 양보할 생각이
없는 사람도 있다. 새치기하는 사람도 있고. 네가 맞니 내
가 맞니 하며 화를 내거나 심지어는 시비를 거는 이들도
있게 마련이다. 운전처럼 파도타기도 따지지 말고 그저

스스로 조심하는 게 상책이다. 잘못했을 땐 사과하고.

파도가 좋아 서퍼들이 쏟아져 나오는 날엔, 아무래도 나 같은 부기보더는 라인업 위치를 바꿔야 그나마 파도를 잡을 수 있다. 선택지는 두 가지다. 해변 쪽으로 이동해 조금은 작은 파도를 타는 것과, 반대로 바다 쪽으로 더 나아가 가끔씩 오는 큰 파도를 잡아타는 것.

난 주로 후자를 선택한다. 서퍼들을 통과해 더 먼바다 쪽으로 이동한다. 이는 사실 현명한 선택은 아니다. 큰 파도를 잡아탈 기회가 생기긴 하지만 조금 위험하다. 앞에서 잡아타더라도 뒤에서 라인업중인 수많은 서퍼들 사이를 통과해야만 하는 것이다. 서핑용 헬멧이라도 쓰지 않으면 사고가 날 수도 있다. 뒤에서 파도를 기다리던 대부분의 서퍼가 파도를 타고 나오는 나를 피할 수 있겠지만, 경험상 그러지 못하는 서퍼도 항상 존재한다. 그렇다면 내가 그들을 피해야 하는데, 변수는 언제나 있고 그만큼 위험이 따른다.

어느 날 중문 해변, 서퍼가 바다에 넘쳐나 나는 도무지 안전하게 파도를 잡아탈 수가 없었다. 라인업에 서퍼가 너무 많았고 내 몫의 파도는 그만큼 드물었다. 뒤로 빠지거나 앞으로 나가기엔 양쪽 모두 파도가 초라했다. 유난히 모두가 라인업중인 위치에만 탈 만한 파도가 있었다.

고민을 하다 저 멀리 해녀의 집 앞, 듀크 포인트의 파도가 보였다. 멀리 있는 파도는 좋아 보이는 법이다(남의 떡이 더 커 보이는 것과 꼭 같은 이치다). 리프 브레이크라 썰물 땐 다소 위험하지만 그래도 해볼 만한 시간대였다. 바위 근처에 너무 가까이만 가지 않으면 된다.

한참을 패들링해 그곳에 막상 도착해보니 그다지 파도가 좋지 않았다. 멀리서 보기에 쓸모 있어 보이던 파도는 모두 바위에 부딪혀 생기는 파도였다. 실망했지만 다시 돌아가봐야 별 볼 일 없다는 걸 알고 있었다. 그냥 있기로 하고 바위에서 조금 떨어진 곳에서 파도를 기다렸다.

조금 후 몇 개를 잡아타긴 했는데 파도가 너무 작았다. 크기에 비해 너무 위험했다. 여차해서 방향을 잘못 잡아 조금만 길게 타도 어느새 자갈바위 위였기 때문이다. 자갈 위는 수심이 얕아서 패들링이 아예 불가능했다. 거기서 빠져나오기 위해선 다리를 최대한 물 위로 젖히고 손으로 돌을 잡아 밀며 거북이처럼 기어 나와야 했다. 그럴 때마다 보드 바닥이 끽끽 돌에 긁히는 소리가 났다.

조금 후 서퍼 하나가 나타나 옆에서 라인업을 했다. 아마도 나와 같은 이유로 이곳에 왔을 것이다. 롱보드라 나보다 조금 더 바위와 먼 곳에서 파도를 잡아탔다. 제법 실력이 좋았다.

잠시 후, 나는 파도를 점점 더 못 잡게 되었다. 그도 마찬가지였다. 나는 무심코 그에게 말을 던졌다.

"파도가 힘이 없네요."

그는 그저 웃었다.
나는 해변을 향해 패들링을 했다.

내가 던졌던 그 말이 운전하는 내내 귓속에서 맴돌았다.
두어 시간 동안 내가 입 밖으로 낸 말은 그것뿐이었다.

"파도가 힘이 없네요."

파도의 문제는 아니었다. 파도는 죄가 없다. 지친 건 파도가 아니라 나였을 거다.

리프 브레이크는
위험하니까 항상
조심하도록.

미래의
나

돌에 걸려 넘어지는 꼴이야.

그걸 타는 건 매우 위험하다고.

2020/11/19

해변에서 누군가가 조언했다.
"바다에서 만나는 사람들을 조심해.
뭍에선 뭐 하는 사람들인지 알 수 없으니까."
바다에서 헐벗은 채 함께하는 이들,
함께 파도를 탔지만 낯선 이들.

그 얘긴 정체를 잘 알지도 못하면서,
속없이 너무 친해지지 말라는 조언이다.
뭍에서 다시 만나게 되면
후회하게 될지도 모른다고.

공통의 관심사라곤 파도타기뿐인데,
웃고 농담하고 바다에 관해 수다가 이어진다.
그러다 뭍에 올라가선 갑자기 돌변한다는 것일까.
혹 그럴 수도 있지만

그게 꼭 바다 위에서 만난 사람들이라 그런 건
아닐 것이다.
육지에서, 두 발 딛고 만나는 이들도
남에게 상처를 준다.
바다 위라고 세상 이치가 변하지 않는 것일 뿐.

허슬러

영하로 내려간 아침 6시, 일어나자마자 서핑슈트를 입고 해경에 입수신고를 했다. 오전 7시부터 11시까지. 장소는 남애 3리.

7시 10분경 해가 뜰 예정이다. 남애 3리까지 차로 삼사분 거리, 서두를 필요는 없다. 하지만 생각과 달리 몸은 이미 부지런하다. 벌써부터 심장이 빨리 뛴다.

잠시 후, 남애 3리. 해뜨기 전이지만 이미 바다가 훤하다. 풍랑주의보가 내려진 남애 3리는 처음이다. 드넓고 인기척 없는 모래 해변의 해안 곳곳 파도가 내 키를 훌쩍 넘긴다.

트라우마가 되살아났다. 무섭다. 저런 바다에서 혼자 파도를 탈 수는 없다. 내가 감당할 수 있는 바다가 아니다. 라인업 위치는커녕 입수할 수 있는 길도 찾을 수가 없다. 이런 파도에 들어가려면 정말로 무모해야 한다.

마음을 접는다. 안전한 서핑을 위해선 자신의 한계를 명확히 아는 것이 중요하다. 하지만, 이렇게 그냥 포기하기엔 너무나 아쉽다. 이곳 말고 다른 해변은 어떨까?

곧바로 죽도 해변. 역시 엄청나게 높은 파도가 해변을 휩쓸고 있다. 그리고 당연하다는 듯 아무도 없다. 갑자기 한기가 돈다. 꼭 추위 때문만은 아니다. 오늘 아침엔 파도타기를 그만두기로 한다. 이제 저 정도의 파도엔 결코 혼자서 들어가고 싶지 않다.

호텔로 돌아가는 도로 위. 길가에서 까마귀 세 마리가 달리는 차에 놀라 날아오른다. 그들이 떠난 자리에 제법 커다란 노루의 사체가 누워 있다.

아내는 아직 자고 있다. 이미 땀으로 축축해진 슈트를 내려 허리에 걸치고 파도 앱을 다시 연다. 아직도 마음은 바다에 머물러 있다.

영상 속의 남애 3리는 여전히 파도가 높다. 죽도의 상황도 본다. 마찬가지다. 그런데, 그곳엔 누군가 있다!

작은 화면 속에 세 명의 서퍼가 보인다. 파도가 아까보다 낮아진 것인지 확인해보지만 정확히 알 수 없다. 하지만 서퍼들은 분명히 있다. 조금 더 거기서 상황을 지켜봐야 했나 후회가 든다. 너무 빨리 포기한 것일지도 몰랐다. 난 포기하는 적당한 순간을 잘 맞추지 못한다. 스스로에게 그 점이 늘 아쉽다. 항상 너무 빠르거나 혹은 느리다.

다시 고민한다. 혼자서는 불가능해 보였지만 바다에 들어간 이들을 보니 마음이 변했다.

돌아가기로 마음먹고 다시 입수신고를 한다. 오전 8시부터 11시까지. 죽도 해변.

슈트를 어깨 위로 다시 끌어올린다.

또다시 죽도 해변. 실제로 봐도 파도가 한 시간 전보다 작아진 것인지 여전히 잘 모르겠다. 거센 파도 속에 있는 서퍼들의 수가 좀 늘었다. 하지만 열 명이 채 되지 않는 듯하다. 사실 정확히 알 수는 없다. 높게 출렁이는 파도에 가려 잘 보이지 않기 때문이다.

함께할 서퍼들이 있으니 조금은 안심이 된다. 용기가 난다.

입수를 위해 해변 오른편으로 향한다.

물이 생각보다 따뜻하다. 두꺼운 슈트 덕분이다. 하지만 그만큼 몸을 움직이기 힘겹다.

스웰이 크다. 신중하게 위치를 잡으려 노력한다. 조금이라도 파도가 부서지는 쪽으로 밀려나면 위험하다. 다시 온전한 라인업이 어려울 수도 있다.

오늘 아침엔 정신 차리고 딱 한 번만 제대로 타자고 결심한다. 문득 도로 위에 죽어 있던 노루 사체가 머릿속에 떠오른다. 날아오르던 까마귀도.

라인업에는 나까지 네 명. 듬성듬성 자리를 잡았다. 수시로 다가오는 스웰을 보며 패들 아웃(파도를 넘어 앞으로 나아가는 것)했다가 다시 라인업 자리 잡기를 반복한다. 방심하면 위험하다. 쉬지 않고 팔을 움직인다. 그러다 서로 눈이 마주치면 눈인사를 하지만 다들 얼굴에 웃음기가 없다. 다들 긴장하고 파도에 온 정신을 집중하고 있다.

앞쪽에서 숏보더 하나가 거대한 파도 면을 오른쪽에서 왼편으로 가른다. 실력이 좋다. 또 다른 한 명은 내 뒤에서 반대쪽으로. 이런 파도는 저 정도 실력자들에게 어울린다. 그에 비해 내 수준은 초라하다. 간신히 파도를 잡을 수는 있겠지만 그뿐이다. 뭔가 이렇다 하고 내세울게 없다.

곧 바다는 나를 밀어냈다. 엄청난 힘이라 한번 타면 밖으로 나와 다시 해변의 오른편 통로까지 먼 거리를 걸어 입수해야 한다. 도저히 내 힘으론 중간에서 패들링을 해 라인업 위치로 돌아갈 수 없는 파도다. 힘이 빠진다. 한둘을 제외하곤 다들 나처럼 통로를 향해 해변을 걷는다. 그렇게 다시 입수하기를 반복한다.

몇 번을 파도에 떠밀려 나왔다. 더는 못할 거 같았다. 시간을 보니 오십 분 정도 지났다. 먹은 것도 없는데 속이

울렁거린다.

내 앞에서 파도를 멋지게 가르던 서퍼는 국가대표 서퍼였다. SNS에서 금세 찾을 수 있었던 건 낯이 익어서다. 올여름, 중문에서 본 얼굴이다. 생각보다 젊다. 스물둘. 내 딸 나이다. 코로나로 도쿄 올림픽이 취소되지 않았다면(2020년 올림픽은 2021년에 열렸다) 아마 올림픽에 출전했을 것이다. 큰 파도에 대항할 수 있는 젊음이 부럽다.

마틴 스코세이지 감독이 1986년에 만든 〈더 컬러 오브 머니〉란 영화가 있다. 나이 든 왕년의 당구 도박꾼 에디가 젊은 당구 천재 빈센트를 발견하고 그를 도와 큰돈이 걸린 대회의 우승에 도전한다는 이야기다. 하지만 이야기는 예상처럼 빠르게 흐르지 않는다. 노쇠한 도박꾼 에디는 빈센트를 훈련하던 중 자신의 열정이 식지 않았음을 깨닫는다. 그리고 결국 빈센트 돕기를 그만두고 그와 대결하는 길을 선택한다. 젊어선 그저 돈을 벌기 위해 당구를 이용했지만, 다 늙어서 자신에게 진정 가치 있는 것이 무엇인지 깨닫고 다시 도전한다는 이야기다.
이십대 시절 그 영화를 보았을 땐 마지막 장면이 마음에 들지 않았다. 에디가 빈센트에게 도전하며 영화가 끝나기 때문이었다. 나는 그 결과가 궁금했다. 둘 중 누가 더 강한지. 누가 이기게 되는지 알고 싶었다. 그 영화는 열린 마무리로 어린 나를 실망시켰다.

이제 오십이 넘고 보니 그 마무리가 좋다.

살면서 이기고 지는 승패 따위는 중요한 게 아니다. 누구나 언제든 도전할 수 있다는 게 가치 있는 것이다. 그게 당구든 파도타기든 아니면 또 다른 무엇이든.

〈더 컬러 오브 머니〉는 〈허슬러〉란 영화의 속편이다. 주인공 에디 역은 1961년 흑백으로 만들어진 〈허슬러〉에 이어 같은 폴 뉴먼이 연기했다. 하지만 이십오 년 만에 만들어진 속편은 전작과 전혀 다른 울림을 주었다.

겨울 동해의 드레스 코드

가을에서 겨울로 넘어가는 시기에 파도를 기다리며 물속에서 시간을 보내고 있으면 추위가 몸속 깊은 곳까지 사무친다. 수온에 비해 얇은 슈트를 입으면 바닷물이 얼음 동동 띄운 차디찬 냉면 육수처럼 느껴질 지경이다. 조금이라도 추위를 달래보려 슈트에 달린 후드를 뒤집어쓰는데 그걸 쓰면 몰골이 좀 우스워진다. 스타킹을 뒤집어쓴 코미디언이라도 된 기분이다. 조그마하게 뚫려 있는 동그란 구멍이 얼굴을 압박하는데 그렇게 점점 조여 오다 결국 머리통이 '뻥' 하고 사라질 것만 같다.

그래서인지 웬만한 추위가 아니면 서퍼들은 후드를 잘 쓰지 않는다. 젖은 머리카락을 휘날리며 추워도 그냥 버틴다.

추위를 타는 건 서퍼나 부기보더나 똑같겠지만 다른 점도 있다. 서퍼는 보드 위에 올라서니 발이 노출되므로 겨울용 부츠를 꼭 신어야 한다. 그에 비해 부기보더는 이미 오리발을 끼고 있으니 그 속에 오리발용 보조 양말 정도만 신어도 어느 정도까지는 버틸 수 있다. 드롭 니보더가 아닌 이상 물 밖으로 발을 낼 일이 별로 없는 이유도 있다. 영하로 내려가면 공기는 차지만 바닷속은 오히려 따뜻하게 느껴지는데, 바닷속 냉기는 한 계절 더 늦게 찾아오기 때문이다.

영하의 날씨엔 발보다는 손이 문제다. 서퍼건 부기보더건 손은 물 밖으로 노출할 일이 많다. 기본적으로 보드를 손으로 컨트롤하기 때문이다. 맨손이면 동상에 걸리기 십상이다. 겨울 바다에선 어쩔 수 없이 장갑을 껴야 한다.

오 밀리가 넘는 슈트에 장갑, 부츠까지 신으면 추위는 어느 정도 감당할 수 있다. 그런데 그렇게 차려입으면 파도를 잡기가 꽤나 번거롭다. 전체적으로 피부가 오륙 밀리 정도 두꺼워졌으니 몸의 접히는 부분들이 제대로 작동하기가 여의치 않다. 두께만의 문제가 아니라 실제로 몸무게도 무거워진다. 물먹은 슈트를 입으면 기동력이 떨어지고 금방 지칠 수밖에 없다. 모래주머니를 달고 물속에서 체조를 하는 꼴이다. 두 시간 정도 그 상태로 파도를 잡고 있으면 그야말로 고행이 따로 없다. 하늘이 노래진다.

그러고서라도 들어가는 이유는 동해의 겨울 파도가 엄청나게 좋기 때문이다. 아름다운 동해의 겨울 파도. 조금 과장하자면 세계적인 서핑 포인트, 겨울 태풍의 거대한 파도로 유명한 하와이 오아후 섬 노스쇼어의 파도와 비견될 정도다. 물론 날씨와 온도는 전혀 다르지만.

그토록 아름다운 파도를 위해서라면 얼음을 동동 띄운
냉면 육수에 들어가는 것쯤은 얼마든지 감수할 수 있다.

잘 봐라, 이것이
슈트 입는 법이니라~

영차!
끼끼~
네.

↑
미래의 나

쫙~

멋지냐?
하핫!

내 늙은
모습
추하다.

아, 네...

마이너리티 리포트

"서핑보드가 순수 회화라면 부기보드는 만화 같아."

아내의 얘기가 왠지 그럴듯하게 들렸다. 수면 위로 올라서는 서핑은 동작이 우아하고 아름답다. 클래식한 느낌이 있다. 1950, 1960년대의 고풍스런 흑백 서핑 사진들을 보고 있으면 그런 생각이 든다. 춤추는 것처럼 아름답다.

그에 비해 부기보드는 엎드려 타서 그런지 진화가 덜 된 느낌이다. 대신에 좀 더 가볍고 역동적이다. 몸을 뒤틀며 공중으로 떠오르고 파도에 몸을 던져 물을 튀긴다. 발엔 오리발을 끼고 있다. 보드 위에서 우아하게 걸을 수 없다. 음악으로 치자면 록이나 헤비메탈이 어울린다. 모든 부기보더가 그렇게 격렬하게 파도를 타는 건 아니지만 세간에 알려진 부기보더의 파도 타는 이미지가 그렇다. 아내가 그런 얘길 한 것은 만화가인 내게 어쩐지 부기보드가 더 어울린다는 얘기였다. 그건 선입견이라고 대꾸하려다, 그냥 수긍하기로 했다.

우리나라 바다에서 부기보드를 타고 있으면 서퍼 대 부

기보더의 비율이 약 300:1 정도다. 압도적으로 서퍼가 많으니 비교하는 것 자체가 부질없다. 이 정도면 '인디'하다고 말하기도 쑥스럽다. 마이너해도 너무 마이너하다. 어쩌다 난 이런 마이너한 걸 이리 열심히 하게 되었을까.

돌이켜보면 내 삶 자체가 마이너한 인생인 것 같다. 어린 시절에는 교실 뒤 구석에서 교과서에 낙서하기 바빴고 미술대학에 들어가서는 학교에 등록도 되지 않은 만화 클럽에서, 게다가 그 안에서도 아주 마이너한 만화를 그렸다.

졸업해서는 다들 제대로 된 직장을 다니는데 당시로서는 혼자 대책도 없이 프리랜서 일러스트레이터가 되었으니, 주변에 몹시 민폐였다. 그나마 오래 그 일을 하다 보니 어떻게든 입에 풀칠은 할 수 있게 되었지만 마이너한 짓거리는 여전하다.

부기보드를 타는 걸로 모자라 부기보드에 관한 책을 낸다는 건 또 얼마나 어처구니없는 짓인지. 도대체 대한민국에서 이 책을 누가 사서 볼까 싶다. 서퍼들도 부기보드가 뭔지 모르는 판에.

이쯤에서 출판사에 몹시 최송한 맘이 들지만 변명을 하자면, 이건 일종의 '블루오션'이다. 처음부터 메이저는 없다. 마이너부터 시작하는 거다. 세상의 위대한 작가나

영화감독 들도 대부분 인디펜던트로 시작해서 대작을 만들게 되었다고들…… 하지만 이 얘기는 이쯤에서 멈출 작정이다. 이미 조금 했지만.

백 명의 서퍼 사이에서 홀로 부기보드 위에 앉아 있으면 호기심 어린 서퍼가 다가와서 묻곤 한다.

"그거 재미있어요? 신나 보이던데."
"그건 어디서 배우는 거예요?"
"그 보드는 이름이 뭐예요?"

취향이 마이너한 건 죄가 아니다. 다만 그 취향의 결과물이 인기가 없는 건 알아서 감수해야 한다. 순전히 자기가 좋아 시작한 짓이니 그런 자신을 받아들이고 사는 수밖에. 만약 운이 좋아 그 취향이 더 많은 사람의 방향과 맞아 떨어져 같이 공감하고 즐길 수 있다면 더할 나위 없이 좋겠지만, 그게 아니어도 크게 가슴 아파할 건 없다. 이미 충분히 즐기고 있으니 말이다. 그러니 이렇게 새벽부터 일어나 혼자 이런 글을 쓰고 있는 거다.

서퍼들 사이에서 외롭지 않아요?

부가라~

오히려 개성 있는 파도타기라고 생각해.

음, 과연~

그러니 자부심을 가지라고!

넷!

탓-

츳-

꼭 개구리 같다.

ㅋㅋㅋ

오서독스 Orthodox[*]

보드에 따라 방법은 조금 다르지만 파도를 좀 잡아탈 수 있게 되면 누구나 시도하는 게 있다. 파도 면을 옆으로 길게 타는 거다. 해변을 향해 한일자로 줄줄이 오는 파도에 올라타 옆으로 길게 진행하다가, 부서지는 파도 거품이 자신을 쫓아오게 만든다. 그 모양 그대로 높은 파도가 되면 파도로 만들어진 튜브(혹은 배럴이라고도 한다)가 된다. 파도 타는 이는 그 안으로 쏙 들어가 파도를 통과할 수 있게 되는 것이다.

어느 정도 파도를 붙잡아 올라탈 수 있게 되었을 때 나 역시 그것을 시도하기 시작했다. 부기보드의 앞 양쪽 모서리를 잡고 있는 두 손 중 하나를 보드 옆면으로 옮겨야 한다. 하지만 나는 파도에 올라타 해변을 향해 직선으로 미끄러지는 것에만 익숙한 탓에 좀처럼 한쪽 손을 보드 옆으로 옮기지 못했다.

시간이 지나자 조금씩 시야도 넓어지고 파도도 안 놓치고 잡아탈 수 있게 되었다. 그래서 옆으로 가는 방법에 더욱 골몰했는데, 문제는 내가 지독한 오서독스, 즉 오

---

[*] '전통적'이라는 뜻으로 복싱 등에서 오른손잡이 선수를 일컫는 말

른손잡이라는 거였다. 본능적으로 오른손이 보드의 오른편으로 갔다. 오른손으로 옆면을 잡게 되면 보드는 왼편으로 향하게 된다. 좌회전을 하는 거다. 그러니까 자동차 운전으로 말하자면 좌회전만 하는 운전자라 할 수 있다.

일반적으로 파도를 옆으로 타기 위해선 부서지는 파도의 반대편으로 진행해야 한다. 해변을 바라보고 본인의 왼편에서 파도가 부서지기 시작하면 오른쪽으로 진행하고, 오른편에서 부서지면 왼편으로 가야 한다. 그런데 난 어디서 부서지건 왼편으로만 가게 생긴 것이다. 오른편으로 가야할 때 왼편으로 가면 곧바로 부서지는 파도를 만나게 되고, 파도가 다 부서진 거품 속에서 별수 없이 해변 쪽으로 직진하거나 보드를 돌려 다시 라인업하는 수밖에 없다. 만약 아무래도 상관없다면 방법이 전혀 없는 건 아니다. 무조건 오른편에서 부서지는 장소를 찾아 주구장창 그곳에서만 타면 된다.

하지만 내겐 또 다른 문제가 있었다. 내가 부기보드를 시작한 곳이 와이키키 월이라는 벽이 있는 퀸스 해변이다 보니, 그 벽 때문에 내가 파도를 잡는 자리에선 반드시 오른편으로 꺾어야만 했다. 선택의 여지가 전혀 없는 곳이었다. 직진하면 와이키키 월에 충돌하고 왼편으로 향하면 또 다른 방파제에 부딪히게 된다. 그 충돌을 피

하려면 반드시 오른편으로 빠져나가야만 하는 것이다. 왼편으로만 갈 수 있는 오른손잡이로선 매우 곤란한 일이 아닐 수 없었다.

왼손을 부단히 보드의 허리 부분으로 옮기는 걸 연습했지만 좀처럼 자세가 안정되지 않았다. 오른쪽으로 빠져야 하는데도 두 손으로 보드의 앞쪽을 꼭 잡고 놓지 못했다. 하지만 꺾지 않으면 벽에 충돌하므로 그것만은 피하기 위해 억지로 손목을 이용해 보드를 틀었다. 어느 정도는 통했지만 하면 할수록 손목에 무리가 갔다. 나는 계속 왼손을 이동해 오른쪽으로 진행하기 위한 연습을 엉거주춤한 폼으로 해야만 했다.

그곳에서만 이 년 가까이 탔다. 그리고 와이키키 월, 방파제와의 충돌을 피하기 위해 끊임없이 노력한 끝에 결국 왼손을 사용해서 탈 수 있게 되었다. 몇 가지 기술도 구사할 수 있을 정도로 보드를 타며 왼손을 사용할 수 있게 된 것이다. 나로선 엄청난 일이었다. 훈련을 통해 뭔가를 이루어냈으니까. 그런데 이렇게 해피엔딩으로 끝나는가 하면 전혀 그렇지 않다. 이번에는 왼편으로 가지 못하게 되었다.

아니 갈 수는 있다. 하지만 오른쪽으로 가는 것보다 기술이 현저히 떨어지고 어설프다. 오른손잡이인 게 무색할 정도다. 오른손의 움직임이 불편해 차라리 몸을 틀어

왼쪽으로 진행하는 편이 나을 정도다. 오른손잡이인데 부기보드만 타면 왼손잡이처럼 움직인다. 이럴 수가.

몇 년이 지났다. 여전히 나는 오른편으로 진행할 수 있는 파도를 선호한다. 왼편으로 진행하는 건 될 수 있으면 피한다. 그쪽은 여전히 자세가 어설프고 기술도 부족하니 잘 되는 쪽으로만 타게 된다. 반쪽짜리 서퍼가 따로 없다.

사실 큰 문제는 없다. 무슨 프로선수가 되려는 것도 아니고, 즐겁게 탈 수 있다면 그걸로 만족한다. 하지만 어쩌다 이렇게 된 것인지 스스로 한심한 마음도 든다. 앞으로도 과연 양쪽을 자유자재로 오갈 수 있는 부기보더가 될 수 있을지 모르겠다. 그러기 위해선 어딘가에 있는 왼편으로만 빠질 수 있는 장소를 찾아 또다시 이 년 정도 훈련을 해야 할 판이다. 만약 그렇게 할 수 있다면 이번엔 일주일에 한두 번 정도는 오른편으로 빠지는 것도 연습할 생각이다. 그래야 양쪽으로 파도를 타는 균형 잡힌 부기보더가 될 수 있을 테니.

파도를 잡아타면

왼손으로 레일을 잡아 오른쪽으로
방향을 틀어준다.

파도가 부서지며 배럴 통과!

다른 스포츠엔 없는

파도타기가 단순한 '스포츠'는 아니라는 생각을 나만 한 게 아닌 거 같다. 서핑에 관한 이야기나 글을 읽다 보면 나와 같은 이들을 자주 발견한다.

서핑에 빠진 이들은 그것이 일종의 '삶의 방식'이라고 말한다. 파도타기는 단순히 몸을 움직이는 것에 대한 문제가 아니라고도 한다. '정신'과 관계되어 있다는 얘기다. 아름다운 '중독'이라는 문장도 보인다. 하지만 어쩌면 '스포츠'라는 단어야말로 서퍼들이 주장하는 이 모든 것들을 정확하게 대변하고 있는 단어일지 모른다.

'정신'이 가장 강조되고 중요시되는 분야 중 하나가 '스포츠' 아니던가. 심지어는 '스포츠 정신'이라는 말도 있다. '정신력이 중요하다'란 말, 어려서부터 스포츠를 하거나 볼 때마다 지겹도록 들어왔다. 분명히 육체를 사용하지만 정신을 가장 중요시하는 게 바로 스포츠인 것이다.

'삶의 방식'이라는 말도 스포츠와 잘 어울린다. 우리는 가장 깨끗하고 정의로운 '스포츠 정신'을 '삶의 방식'과 조화시켜 인생을 꾸리는 수많은 사람을 이미 알고 있다. '중독'도 마찬가지다. 대다수의 다른 스포츠도 너무나

재미있고 즐거워서 흔히들 '중독'된다.

그러니 '스포츠'가 아닌 그 무엇이라며 서핑을 다른 방식으로 더 멋지게 설명하려 해도 그다지 설득력 있게 들리진 않는다. 서핑은 그저 스포츠 중 하나이고 모든 스포츠는 각각의 이유로 멋지고 아름답다.

그렇다면 파도타기가 다른 스포츠와 특별히 다른 점이 있다면 무엇일까.

파도를 탄다는 건 자연과의 조화를 적극적으로 추구하는 것일지도 모른다.

모양과 색이 끊임없이 바뀌는 하늘, 그 하늘에 아름다운 선을 그으며 날고 있는 물새들을 물 위에서 하염없이 바라보게 된다는 것. 마침내 도착한 파도에 오르면 다른 하찮은 욕심들은 모두 사라진다는 것. 물을 가를 땐 자신이 바다에 살고 있는 작은 생명체처럼 느껴진다는 것. 파도를 읽고 그것과 하나가 된다는 것. 파도타기는 우리가 자연의 일부라는 걸 깨닫게 해준다.

서핑이란 무엇인지요?

무어라 생각하느냐?

↑ 나

↑ 미래의 나

일종의 '도'가 아닐는지요?

'도'라니, '도'를 아십니까의 그 '도' 말이냐?

그럼 도레미의 '도'겠습니까?

아저씨 농이나 치는 놈.

꼰대 새끼.

기도

어려서부터 어머니의 성화에 매주 성당에 나가야 했다. 하지만 커서는 종교에 회의를 느꼈다. 이젠 무교나 마찬 가지인데, 뭔가 힘들거나 의지할 거리가 생기면 누군가 에게 기도를 하고 있는 자신을 발견하곤 한다.

아내는 그럴 때마다 내가 어릴 적부터 성당을 다녀서 그런 거라고 했다. 특별히 종교가 없었던 아내는 뭔가 힘들거나 어려운 일이 생겨도 혼자서 굳세다.

내겐 특히 파도를 타기 위해 입수하기 전, 강박적으로 하는 행동이 있다. 성호를 긋는 거다. 그것도 아주 제대로. 몸을 숙여 오른손 중지로 바닷물을 성수라도 되는 양 찍어 십자가를 긋는다. 꼬박꼬박 바다에 들어갈 때마다 그걸 버릇처럼 하는데, 한편으론 내면과 부조화하는 이런 행동이 스스로도 민망하고 이해할 수가 없다. 아내 도 궁금해했다. 성당에는 가지도 않으면서 바다에 들어갈 때만 기도하는 시늉을 하느냐고.

그것은 종교적인 의미라기보다는 바다에게 하는 인사 같은 것이다. 바다에 대한 감사의 의미랄까. '오늘도 바다를 이용하게 해주셔서 감사합니다.' 혹은 좀 더 넓게

봐서 자연에 대한 예의일 수도 있다. 자연의 순수한 아름다움을 대면하게 될 때 생기는 경외심 같은 것 말이다 (이럴 때면 자신의 행동을 꼭 남의 일처럼 말하게 된다). 아니면 버스 운전기사의 마음 같은 것일 수도 있다. '오늘도 무사히~' 그저 안전 운행을 기원하는 행동인 것이다. 운전기사가 모두 특별히 독실하다고는 생각하지 않는다. 그저 안전하게 운행하고픈 마음에서 예의 그 기도하는 소년의 사진을 부적처럼 운전석에 붙이고 다니는 게 아닐까. 생각할수록 운전은 파도타기와 닮았다. 전에도 말했지만 안전한 파도타기를 위해선 운전할 때의 여러 가지 기술과 눈치가 필요하다. 정말 그렇다.

그도 아니면, 그냥 폼일 수도 있다. 누군가 바다에 들어가기 전에 해변에서 기도하는 모습은 사실 좀 폼 나 보인다. 아니, 어쩌면 주변 사람들 보라고 하는 게 아니라 하늘에서 보고 있을 누군가에게 '저 방금 기도하는 거 보셨죠? 그러니 죽거나 다치지 않게 해주세요. 상어도 좀 치워주시고요~ 생큐~' 정도의 의미일지도. 그러고 보니 이거야말로 엄청나게 종교적인데…….

커피와 담배

고등학교 시절부터 담배를 피웠으니 이십 년이 넘게 담배를 피웠다. 그러다 몇 해 전에야 여러 번 시도 끝에 겨우 끊었다. 피우기 시작할 땐 정말 쉬웠는데 끊는 건 꽤나 오래 걸렸다. 별짓을 다 해도 끊기 어려웠는데 정말로 몸이 아프고 힘들어지니 저절로 끊어졌다. 기관지가 특히 안 좋아졌다. 아직도 조금이라도 실내공기가 안 좋으면 기침을 심하게 한다.

후유증으로 가장 불편한 건 냄새를 잘 못 맡는 거다. 코가 고장이라도 났는지 불필요한 냄새는 잘 맡고 정작 필요할 땐 못 맡는다거나, 없는 냄새를 맡기도 한다. 코가 미친 것일지도 모른다. 하지만 나름대로 그렇게 즐기며 살았으니 코를 탓할 수도 없다.

서핑을 한 후 담배를 태우는 이들을 종종 본다. 부럽다. 젊으니 뭐든 가능하다. 코도 아직 멀쩡하고.

술은 여전히 꽤 마시는 편이다. 맥주도 좋아하고 독주도 좋아하는데 파도 타러 나가기 전날은 자제하는 편이다. 이젠 그것도 맘 편하게 즐길 수 있는 나이가 아니기 때문이다. 사실 어느 정도 술을 마셨어도 바다에 들어가면 삼십 분이면 전날의 숙취에서 벗어날 수 있다. 바다만큼

숙취 해소에 좋은 것도 없는 거 같다. 두 시간 정도 파도
를 타고 나오면 신기하게 말짱해져서는 그날 밤 다시 술
을 마실 수도 있다. 물론 간은 무척 혹사당하겠지만.
파도타기를 위해 정말로 자제하는 건 커피다. 커피를 좋
아해서 하루에 드립 커피 한 잔, 에스프레소 두 잔 정도
를 마시는데 바다에 나가기 전엔 절대로 안 마신다. 심

지어 나가기 전엔 물도 자제한다. 화장실 때문에.

좀 민망한 얘긴데, 난 바다에서 실례를 못한다. 전혀
안 나온다. 예의 바르기도 하지. 그래서 화장실을 가기
위해선 바다에서 반드시 나와야 하는데 여간 번거로운
게 아니다. 화장실이 바다에서 나오자마자 있는 것도
아니고 슈트 차림이면 벗었다 다시 입기가 보통 성가

신 게 아니다.

물 위에 떠 있으면 이상하게 화장실에 빨리 가고 싶어진다. 커피와 물, 음료수를 자제하면 바다에서 두 시간은 버틸 수 있고 세 시간까지도 참을 수 있다. 그것도 실은 꽤 연습이 필요했다. 그래서 커피와 물은 바다에서 나온 후 양껏 마신다.

앞으로 몇 해나 파도를 타러 다닐 수 있을까? 십 년은 가능할까? 십 년이면 육십이 넘는데 그땐 또 뭐가 발목을 잡을지 알 수 없다. 아쉬운 생각이 들어 '좀 더 부기보드를 일찍 알았더라면 좋았을 텐데' 하고 푸념했더니 아내가 말했다.

"지금이라도 알아서 얼마나 좋아. 할 수 있을 때 많이 즐겨."

역시 아내에게 '기도' 같은 건 필요가 없다니까.

마스터

누군가에게 뭔가를 가르치는 건 참 어렵고 지치는 일이지만 즐겁게 할 수 있는 경우도 있는데, 가르치는 당사자가 그 일을 무척 좋아할 때가 그렇다. 내 경우 그림이 그랬다. 비록 입시 미술을 가르치는 아르바이트였지만 나름 즐거웠다. 그래서 그 일을 대학 사 년 동안 내내 할 수 있었을 것이다. 자유롭게 그림 그리는 걸 가르치는 일이었더라면 더 재미나고 행복했겠지만 입시 미술 정도로도 만족했다.

해변 모래사장에서 서핑보드를 줄 맞춰 늘어놓고 파도타기를 가르치는 서핑 선생들을 보았다. 서핑을 가르치는 일은 어떤 걸까. 파도타기를 즐기는 사람이니 가르치는 일도 즐거울 것이다. 자신이 좋아하는 걸 나누는 그 기쁨. 내가 그림 가르칠 때만큼 즐겁겠거니 했다. 하지만 한편으론 파도가 좋은 날은 난감할 것 같다. 파도가 좋은 날이면 당연히 서퍼인 자신도 파도를 타고 싶을 게다. 하지만 눈앞에서 자신만 바라보고 있는 서핑 제자들이 그의 앞을 가로막고 있다.

부기보드 타기의 즐거움을 알려주고픈 순수한 맘에 친

구, 가족 들을 꾀어 해변에 간 적이 몇 번 있다. 그토록 운동을 못하고 멀리하던 나 같은 인간도 파도를 탈 수 있으니 너도 쉽게 할 수 있다. 짜릿하고 중독성 있다. 건강에도 정말 좋다. 힘들지 않게 살이 빠진다……. 내 감언이설에 설득당한 그들은 뭣도 모르고 보드를 옆에 끼고 오리발을 신고서 나를 따라나섰다.

몇 번 그러고 나서야 파도타기를 아무리 좋아해도 역시

가르치는 건 다른 문제라는 걸 깨달았다. 특히 가만히 앉아서 그림을 가르치는 것과는 차원이 달랐다.

가장 큰 문제는 역시 안전이었다. 그림을 그리다가는 다쳐봤자 연필을 깎다 손이 베이는 정도겠지만 파도타기는 얘기가 다르다. 이것저것 안전 문제만 떠들다가 해가 질 판이었다. 나 혼자 타다 다치는 거야 하는 수 없지만, 나 때문에 부기보드의 세계에 발을 들인 누군가가 크게 다치기라도 한다면? 생각만으로도 아찔하다.

두 번째는 내가 제대로 부기보드를 배운 적이 한 번도 없다는 사실이다. 난 부기보드의 모든 걸 어깨너머로 독학했다. 고백하자면 순 엉터리다. 시행착오가 엄청났기에 더 잘할 수도 있을 거 같지만 전혀 그렇지 않다. 아주 기초적인 걸 이제 겨우 눈치챌 때도 있을 만큼 황당한 변칙 부기보더다. 그러니 초보자에게 깔끔하고 정확하게 타는 방법을 얘기해줄 수 없다. 그냥 이렇게 저렇게 해보라고 하는 게 전부다. 그러다 안 되면, "난 되는데 넌 왜 안 되냐?" 하며 같이 궁금해하는 수준이다.

세 번째 문제는 좀 창피하지만 나도 파도가 너무나 타고 싶어서 얼른얼른 대충대충 가르치게 된다는 거다. 막 파도가 커져서 마구 해변으로 밀려오는데 가르친답시고 남의 보드나 밀어줄 때가 아니다. 두어 번 밀어서 타게 해주고는 말한다.

"이제 다 알았지? 혼자서 잘 탈 수 있지? 다른 사람들 보드 날아오는 거 맞지 않게 조심하고!"

그러고는 냉큼 패들링을 해 저 멀리 바다로 사라진다. 나중에 다 끝내고 나와서 물어보면 내가 떠난 후 그들은 거의 파도를 잡지 못했다. 당연한 결과다. 느긋하게 옆에서 지켜봐줘도 될까 말까 하거늘.

그래서 그만두기로 했다. 책임지지 못할 말은 관두기로 했다.

"정말 재미있어. 내가 가르쳐줄게. 같이 타자!"

그런 말은 이제 입 밖에 꺼내지 않는다. 전에는 부기보드 타는 게 엄청 재미있고 좋다고 떠들며 다녔지만 이젠 그러지 않는다. 재미있냐고 누가 물어오면 얼버무린다. "다 그렇지 뭐" 하는 식으로. 혹시라도 배우고 싶어하면 "그래 언제 한번 밥이나 먹자" 같은 느낌으로 "그래 언제 한번 같이 타자" 하고 건성으로 대답한다.

어쩔 수가 없다. 내 코가 석 자라.

그래서 하는 말인데 만약 부기보드를 타보고 싶다면 이 책 속 부기보드 타는 법을 꼼꼼히 읽어보고, '유튜브' 영상 같은 걸 참고해보기 바란다. 나는 사실 뭐 가르칠 수 있는 게 없다. 그럴 주제도 안 되고, 누구나 계속 타다 보

면 즐거움을 깨닫게 되는 날이 반드시 올 것이다. 다행
인 것은 서핑보드와 달리 부기보드를 시작하기는 정말
로 쉽다.

아무 파도나 탈수 있는게
아니니까 스웰을 관찰하는 건
아주 중요해.

힘이 있는 쏠만한 파도가 다가
오면, 뒤돌아 패들링과 발차기를
시작해.

파도의
속도와 동조
되면서
파도를 타게
된다.

이해
했냐?

관심
없는데여~

↑
미래의 나

현재의
나

과거의
나

관심 없다니?
누굴 닮아 그
모양이냐?

강요하지마!
꼰대!

싸가지
하곤~

자자
싸우지
말자고

꿈

이 나이에 꿈이 뭐냐는 소릴 들을 일은 거의 없다. 적어
도 타인에게는. 그런데 자신에게는 질문을 해야 한다.
오십이 넘어가니 여러 가지 회한이 들기도 하고, 앞으로
의 남은 인생을 어떻게 보내야 할지 걱정도 되기 때문이
다. 지금부터라도 차근차근 계획을 세우고 시간을 아껴
뭔가 자신에게 의미 있는 걸 하고 싶다. 그러기 위해서
는 구체적인 '꿈' 비슷한 게 필요하다. '비전'이나 '목표'
일 수도 있고 또 다른 무엇일 수도 있다. 과연 내 '꿈'은
뭘까?

남들에게 한 번도 말하지 않은 꿈이 있다. 끝내 이룰지,
못 이룰지 알 수는 없다. 어쩌면 어떻게든 밀어붙여 당
장에 할 수도 있다. 그러나 열심히 해서 이루는 게 아니
라 자연스럽게 이루고 싶다. 이젠 뭐든 무리해서 힘들여
이루고 싶지 않다. 꿈이지만 이루어지면 좋고 안 되면
하는 수 없다고 생각한다. 경험상 꿈이라는 건 모두 다
이루어지지 않는다. 꿈은 그래서 꿈인 것이다.
내 꿈은 바닷가에 나무로 된 작은 오두막집을 짓고 사는
것이다. 두 사람이 살기에도 조금 작은, 하지만 주방도

있고 욕실도 있는 작은 집. 여름엔 창문을 모두 열어두면 시원하고 겨울엔 난로를 피울 수 있는 그런 집. 거기 살면서 파도도 타러 가고 책도 읽고, 그림을 그리며 살고 싶다.

어떻게 그 꿈을 이룰지 구체적으로 생각해본 적은 없다. 그저 '그럴 수 있으면 행복하겠네' 정도다.

또 하나는 파도타기에 관한 것이다.

아주 큰 파도를 제대로 타보고 싶다. 아주 큰 파도라 하니 말하는 나도 감이 잘 안 온다. 하와이에서 꽤 큰 파도를 몇 번 타보았지만 만족할 만큼 잘 타진 못했다. 언젠가 그런 유명한 포인트에서 제대로 한번 타보고 싶다. 포르투갈, 모로코, 카나리아 제도의 거대한 파도를 타보고 싶다.

난 여전히 그림 그리는 게 가장 즐겁고 행복하지만, 이젠 거기에 다른 행복이 추가되었다. 온통 파도타기에 관한 것들이다. 후회가 없는 삶이란 존재하지 않겠지만 지금부터라도 노력하면 어느 정도는 인생의 후회를 줄일 수 있다고 믿는다.

2021/1/9

지금 만리포에 엄청나게 아름다운 파도가
들어오고 있다.
책상 앞에 앉아 모바일 파도 앱으로 현재 시간의
만리포를 보고 있다.
한파와 코로나 탓에 주말인데도 파도를 타는 이가
거의 없다.
작은 화면 속 넓은 바다에 홀로 떠 있는 나를
상상해본다.

요 며칠 동안 달력과 날씨,
그리고 파도 앱을 수시로 들여다본다.
그게 일과 중 하나가 된 지 오래다.
변하는 파도 높이에 따라
날짜를 바꿔가며 숙박할 곳도 찾아본다.
모든 것이 맞아떨어지는 순간 나는 떠날 것이다.

뉴스의 폭설 소식을 확인한다.
내가 빙판 위를 운전할 수 있을까?
해본 적이 없어 겁이 난다.
겨울 파도를 타기 위해선 확인해야 할 게 너무 많고
설레는 것도 많다.

올해는 어떤 파도를 만나게 될까.
작년보다 더 아름답고 굉장한 파도를
꿈에서처럼 타게 되길.

슈트

날씨 걱정이 없는 열대지방에서 파도를 탈 거라면 사실 준비해야 할 게 그리 많지 않다. 그런데 우리나라처럼 사계절이 확실히 구분되는 곳이라면 얘기가 달라진다. 각각의 계절에 꼭 필요한 것도 있고 아닌 것도 있다. 물론 그 준비물이라는 게 굉장히 자의적인 것들이 대부분이다.

날씨에 관계없이 낡은 보드에 팬츠 하나 달랑 걸치고 천재적으로 파도를 탈 수 있는 사람이 있는가 하면, 사소한 것 뭐 하나 빠지면 아주 곤란해지는 나 같은 사람도 있다. 나는 남들이 보기엔 별것도 아닌 게 빠졌다는 이유로 파도타기고 뭐고 하루를 망칠 수도 있는 까다로운 서퍼다.

하와이에 이 년 가까이 머물다(그곳에서의 생활은 아내가 쓴 《하와이하다》란 책 속에 거의 모두 들어 있다) 서울의 집으로 돌아가기 위해 짐을 싸면서, 서핑용 슈트를 구입해 가면 우리나라 바다에서 파도를 탈 때 쓸모가 있겠다 싶었다. 그런 건 미국의 온라인 매장 가격이 아무래도 저렴할 테니까. 그런데 슈트를 주문하고 나서 엉뚱한 궁금증이 생겼다.

'그걸 맨몸에 그냥 입나?'

한 번도 서핑슈트를 입어본 적도 없고 입는 걸 본 적도 없으니 도통 알 수가 없었다. 개인차가 있을 것도 같았다. 기억이 가물거리지만 오래전에 스쿠버다이빙을 할 땐 수영복 위에 그냥 다이빙슈트를 입었던 거 같다. 하지만 서핑슈트는 좀 더 타이트해서 수영복 위에 입으면 움직이기가 꽤나 불편할 거 같았다.

하와이에서 부기보드를 탈 때는 거의 언제나 수영복에 얇은 래시가드 정도만 입었다. 겨울엔 거기에 일 밀리미터 두께의 상의 슈트(겨울엔 하와이 바다도 춥다. 하지만 그것도 사람마다 체감하기 나름이니 상대적이다)를 입었다.

찾아보니 우리나라 바다에선 한여름을 제외하곤 항상 슈트를 입는다. 슈트의 두께도 계절마다 모두 달랐다. 나는 일단 봄, 가을을 대비해 삼사 밀리미터 두께의 슈트를 주문했다.

며칠 후 슈트가 도착했다. 별생각 없이 홀딱 벗고 슈트를 꺼내 입어보았다. 억지로 몸을 밀어넣자 서핑슈트가 엄청나게 몸의 곳곳을 조여왔다. 하지만 제대로 산 것 같았다. 그렇게 꽉꽉 숨이 막힐 정도로 조여야 정상이라고, 서핑숍 직원이 말해줬다. 그래야 물속에서 동작이 더 편하다고.

입자마자 슈트 안으로 땀이 비 오듯 흘렀다. 그래서 거울 앞에서 재빨리 팔다리만 대강 움직여보고 얼른 벗었다. 30도가 넘는 오아후 섬의 날씨에 그 두께의 슈트를 입는 건 한여름의 털 코트처럼 어색하고 과했다. 그런데 입고 움직였을 때 정말로 급소 부위가 영 불편했다.

'음, 원래 이런 건가?'

고민하다 뭐 그런 걸 벌써부터 고민하나 싶었다. 당장 입을 것도 아닌데.

꽤 시간이 흘러 그 슈트를 실제로 입게 되었을 때 다시 고민에 빠졌다. 그냥 입었더니 움직이기가 무척 곤란했기 때문이다.

'안에다 속옷으로 뭐라도 입어야 할 듯한데.'

그래서 오래된 스피도 삼각 수영복을 찾아 입었다. 그걸 입고 슈트를 입으니 몸을 움직이기가 딱 좋았다. 얼마 후 서핑숍 샤워장에서 나처럼 삼각 수영복을 슈트 안에 갖춰 입은 이를 발견하고 어찌나 반갑던지. 나는 그제야 안심이 되었다.

"그래, 역시 나만 별나게 수영복 위에 서핑슈트를 입은 건 아니었구나."

그런데 슈트 아래 수영복을 받쳐 입는 건 순전히 개인의 취향인 거 같았다. 실제로 아무것도 안 입는 사람도 있으니까. 사실 그렇다. 남이야 서핑슈트 안에 뭘 입던 무슨 상관인가. 자신만 편하면 그만이다. 서핑슈트 위에 수영복을 입어도 뭐라 할 사람은 없다. 슈퍼맨처럼 새파란 타이즈 위에 빨간 팬츠를 입어도 말이다.

p.s.
한번은 수영복을 빼먹고 가서 그냥 맨몸 위에 슈트를 입은 적이 있다. 그날 파도를 타며 엄청 거슬리고 불편해서 다시는 빼먹지 말아야겠다고 다짐했다. 아무튼 그다음 날도 수영복이 없어서 그냥 속옷을 입고 그 위에 슈트를 입었는데, 그것 역시 파도를 타기엔 영 거슬렸다. 경험상 슈트 속에는 삼각 수영복이 제일 편했다. 참고하시길. 물론 개인차가 있을 테니 여러 가지 새로운 시도를 적극 추천한다.

서핑 슈트를 입고 있으면

스스로 멋지다는 기분이 들곤 한다.

약간 수퍼 히어로 느낌? 웅승웅

똥배 웃겨!

너희 술좀 작작 마셔!
너희가 먹고 마셔서
내 몸뚱이가
이 모양이다!

? → 미래의 나

↑ ↑
현재의 과거의
나 나

준비물

슈트 외에도 부기보드를 타기 위해선 자잘하게 준비해야 할 게 꽤 있다. 바다에 나갈 때 하나라도 빼먹으면 곤란하므로 요즘엔 포스트잇에 그림까지 그려가며 하나하나 챙긴다.

우선 기본적으로 부기보드와 리시, 오리발이 필요하다. 그리고 내 경우엔 여기에 몇 가지가 더 필요하다. 왁스와 오리발용 양말, 그리고 오리발용 끈이다.

부기보드에도 왁스를 바른다. 서핑보드와 같이 두껍게 바르진 않지만 똑같이 미끄러지지 말라는 용도다. 스탠드업 부기보더는 서퍼처럼 일어서니까 서퍼와 같이 부기보드 위 몸이 닿는 위치에 골고루 듬뿍 바른다. 드롭니 부기보더와 스탠더드 부기보더는 왁스를 바르는 위치가 조금씩 다르다. 보드가 손이나 몸에 닿는 위치가 모두 다르기 때문이다. 일어설 일도 없는데 왁스를 꼭 발라야 하는지 의문이 들 수도 있다. 파도가 세거나 빠른 동작을 필요로 할 경우 의외로 보드를 잡고 있는 손이나 몸이 미끄러지는 경우가 많다. 생각과 보드가 따로 놀 경우를 대비해 적절한 곳에 왁스칠이 필요하다.

오리발용 양말과 오리발용 끈도 꼭 필요하다. 대부분의

오리발이 발에 꼭 들어맞지 않기 때문이다. 사람의 발모양은 얼굴만큼이나 제각각이라 어떤 부분은 헐겁고 어떤 부분은 조인다. 꼭 맞지 않는 상태로 발을 움직이다 보면 여유가 많은 부분이 흔들리거나 꽉 끼는 부분이 조여서 마찰이 생길 수 있다. 마찰이 지속되면 살이 까지거나 염증이 생기기도 한다. 염증이 생기면 치료를 한 후 며칠간 물이 닿지 않게 해야만 하는데, 부기보더에게 바다를 며칠 멀리하라는 것은 만화가에게 만화를 보지 말라는 것과 같다.

나는 상처가 생겼을 때 제대로 치료를 하지 않아 발에도 흉터가 생겼다. 그런 일에 대비해 오리발용 양말이 필요한 것이다. 그걸 신으면 딱딱한 고무로 만들어진 핀과 최대한 직접적인 마찰을 줄일 수 있다.

별거 아닌 것처럼 보이지만 오리발용 끈도 반드시 준비해야 할 것 중 하나다. 특히 높고 강한 파도를 탈 땐 반드시 사용해야 한다. 오리발이 세찬 파도에서 너무나 쉽게 벗겨지기 때문이다. 꼭 누군가가 오리발을 붙잡아 일부러 잡아 빼는 것처럼 느껴질 정도다. 아내는 끈을 안 묶어 한 짝을 잃어버린 경험이 있다. 오리발용 끈이 없었더라면 나도 몇 번이고 잃어버렸을 것이다. 한쪽 오리발 없이 부기보드를 타는 건 한 발로 달리기를 하는 것과 비슷하다(능숙한 서퍼들 사이에선 '드롭 니' 서핑 훈련을 위해 한쪽에만 끼우는 경우가 간혹 있다).

서핑 모자나 서핑 헬멧도 꼭 필요하다. 모자는 당연히 자외선 때문이다. 바다 위에서 상상을 초월하는 자외선 때문에 피부는 물론 눈을 버릴 수가 있다. 스타일이 좀 구려도 무조건 챙이 있는 모자를 쓰길 추천한다. 아무리 자외선 차단용 크림을 두껍게 발라도 한 시간이면 모두 바닷물에 씻겨 사라진다. 때문에 서핑 모자는 필수라 할 수 있다.

서퍼가 넘쳐나는 바다 위에서 안전을 위해선 서핑 헬멧을 추천한다. 서핑이 자전거 타는 것보다 더 안전하다고는 감히 말할 수 없다. 그러니 안전한 서핑을 위해 헬멧을 추천한다. 내 경우엔 특히 바위나 돌이 많은 위험한 장소, 위험한 파도에서 헬멧을 사용한다.

솔직히 헬멧은 파도를 탈 때 무척 거슬리고 성가시다. 특히 덕 다이브(다가오는 파도를 정면으로 뚫고 나아가는 기술. 가장 많이 사용하는 파도 피하는 기술이다)를 한 후 물에서 나올 때 헬멧에서 얼굴로 쏟아지는 폭포가 몹시 괴롭다. 하지만 그래도 부상을 입거나 죽는 것보다는 낫다.

마지막으로 없으면 정말로 불편한 게 있다. 바로 손목시계다. 의외라고 생각할 수도 있겠지만 이상하게 바다 위에 있으면 시간이 얼마나 흘렀는지 전혀 예측이 되지 않

는다. 바다 위에선 시간이 어떤 속도로 흐르는지 도무지 모르겠다. 어떤 땐 시간이 너무 빠르고 어떤 땐 정지한 것만 같다. 떠 있는 태양으로 대강의 시간을 어림잡을 순 있어도 정확하게 알지 못하니 시계가 없다는 건 일상생활에서 휴대전화가 사라진 것만큼이나 갑갑하다. 그러니 슈트 속 팬츠는 혹시 빼먹고 안 입더라도 시계는 꼭 차고 나가자. 조수간만의 차가 큰 곳에서는 안전을 위해서라도 반드시 필요하다.

한 가지, 시계 때문에 조금 불편한 점은 시간을 묻는 서퍼가 많다는 점이다. 내가 시계를 차고 있으면 다들 맡겨놓은 양 다가와서 시간을 묻는다. 오아후 섬의 퀸스 해변에선 로컬 아이들이 수시로 시간을 물어서 시계를 바다에 던져버리고 싶을 정도였다.

p.s.
아참, 기억력이 별로라면 필기도구도 챙겨서 서핑 후 '나만의 파도수집노트'를 만드는 것도 추천한다. 기술적 문제를 체크한다거나 아시다시피 나중에 기억을 되살릴 때도 좋다.

Boogie Board

Leashes

Wax

왁스는 주로 손과 팔이 닿는 부분에 칠해.

현재의 나

Fins

Fin Socks

Fin Tethers

이게 머리에 들어가?

과거의 나

Surfing Helmet

Surf Hat

파도가 셀 땐 리시랑 테더 같은 끈이 생명선과 같아.

미래의 나

2021/1/12

태안반도에 들어설 무렵 눈발이 날리기 시작하더니 이내
폭설로 변한다. 소복하게 눈이 쌓인 도로 위를 얼마
안 되는 차들이 설설 기어간다.
눈이 펑펑 내리는 바다에서 파도를 탈 생각에
가슴이 뛴다.

살면서 언제나 새로운 것에 집착했다.
상상조차 해보지 못한 일들.
어려서는 뭔가 가질 수 없다는 것이 아쉬웠다.
조금 더 살아보니 세상의 그 무엇도
내 것이 될 수 없다는 걸 알게 되었다.

하지만 '자신의 경험'만은 예외다.
그것만은 언제까지나 내 것일 수 있다.
어쩌면 내가 가질 수 있는 유일한 것은 그것뿐이다.

만리포

오랜만에 바다에 간다. 이제 아무에게도 바다에 간다고 미리 말하지 않게 되었다. 괜한 걱정을 쏟아내기 때문이다. 이런 한겨울에 파도를 타러 간다고 하면 다들 그런다. 무척 춥긴 하다. 한파주의보가 내렸으니.

일기예보에는 서해안에 눈발이 날리는 정도라고 했는데, 도착할 즈음 갑자기 폭설이 내렸다.

일기예보가 더 안 맞을까 파도 앱이 더 안 맞을까? 서로 경쟁이라도 하듯 비슷비슷하게 안 맞는다. 아마도 같은 데이터를 바탕으로 예측을 하니 그런 것 같다. 날씨는 여전히 인간의 영역이 아니다. 우린 단군과 제우스에게 제사 지내던 시절로부터 그리 멀리 온 게 아닐지도 모른다. 작년 이맘땐 동해에 있었다. 올핸 서해다. 특별한 의미는 없다. 그저 파도가 있는 곳을 찾아왔다. 날씨와 파도 말고도 겨울엔 또 하나 고려해야 할 게 있다. 공기.

미세먼지 상태를 알려주는 앱에서는 분명히 보통 정도라고 했는데 웬걸, 공기 상태가 최악이다. 태안반도는 중국에 가까워서일까. 그걸 들여다보며 구시렁거리니 아내가 운전하며 한마디 보탠다. 그런 것까지 신경 쓰면서 어떻게 파도를 타느냐고.

기껏 한파의 겨울 바다에서 파도를 타겠다며 서해에 왔는데 미세먼지 타령이나 하고 있으니 아내는 내가 한심했을 것이다. 그 정도는 당연히 감수해야 하는데 이것저것 따지는 내가 딱하긴 하다.

2018년 5월, 하와이 섬(빅 아일랜드라고도 하는 하와이 제도에서 가장 큰 섬)의 칼라우에아 화산이 분출했다. 활화산이라서 종종 폭발하니 별로 신경 쓰지 않았는데 가스 기둥이 구천 미터나 치솟았다. 그리고 바람을 타고 오아후 섬까지 화산가스 냄새가 흘러들었다. 파라다이스라 불리는 와이키키의 푸르른 모습과는 전혀 어울리지 않는 지옥 같은 유황 냄새가 코를 찔렀다.

뉴스에서 야외 활동을 자제하라고 한 걸 나중에 알았다. 나는 그것도 모르고 퀸스 해변에서 칼리우에아의 화산가스 냄새를 맡으며 두 시간이 넘게 파도를 탔다. 이상한 냄새가 코를 찔렀지만 냄새 좀 나는 게 대수냐 싶었다. 그 후 며칠간 가슴에 통증을 느꼈다. 계속 기침이 나왔다.

몇 년 전에 담배를 끊었지만 아직도 공기가 안 좋은 날이면 기침을 한다. 기관지도 타는 듯하다. 담배도 그래서 끊었다. 기분 나쁜 가슴 통증에서 벗어나고 싶었다.

만리포 해변에 도착하자 눈이 뚝 그쳤다. 아쉬웠다. 펑펑 눈이 날리는 바다에서 파도를 타보고 싶었기 때문이다. 그런 생각을 언제 하게 되었을까. 기억을 돌이켜보니 서핑 잡지에서 아이슬란드에서 파도를 타는 서퍼 사진을 본 후인 것 같다. 사진 속 서퍼의 수염엔 고드름이 대롱대롱 매달려 있었다.

눈은 그쳤지만 미세먼지는 여전히 매우 나쁨이다. 그나마 위로가 되는 건 미세먼지가 눈에 보이지 않는다는 사실이다. 심지어 하늘이 푸르고 바람이 차가워 공기가 좋게 느껴진다. 다행인지 불행인지.

호텔에 체크인을 하자마자 웨트슈트wet suit로 갈아입었다. 겨울용 부츠를 신고 장갑도 챙겼다. 새 보드에 왁스를 바른 후 바다로 향했다.

공기는 생각보다 차갑지 않았다. 만조 때라 해변도로 바로 앞까지 파도가 올라온다. 문득 저 멀리 서퍼가 하나 둘 보이지만 해변은 한적하다. 파도 소리 말고는 적막한 겨울 바다다.

파도 상태가 그리 좋은 건 아니지만 그래도 아예 없는 것보다는 나았다. 성인 평균 키 정도의 파도도 가끔씩 들어온다. 다만 바람에 파도가 뚝뚝 끊겨 파도의 길이가 좋지는 않다.

무릎까지 바다에 들어가 몸을 숙인다. 오른손 중지에 바닷물을 찍어 성호를 긋는다. 그러고는 파도를 탈 수 있는 포인트를 찾는다. 곧 코앞에 다가온 파도 위로 뛰어든다. 순간 차가운 기운이 온몸에 퍼지고 바로 패들링을 시작한다. 이내 추위에 무감각해진다.

이상하게 물이 어느 때보다 더 차가운 느낌이다. 삼십 분 정도 지나니 왼쪽 손가락 약지 끝이 얼었다. 겨울용 장갑이라 충분히 두껍지만 소용이 없었다. 양쪽 발가락도 꽁꽁 얼기 시작했다. 오리발 안에 신은 건 삼 밀리 부츠다. 그나마 발은 견딜 만하다. 하지만 양손은 점점 더 곱았다. 보드를 잡고 있기조차 힘들다. 도저히 견딜 수가 없어서 한 시간 만에 바다에서 나왔다. 그러자 곧 다시 눈발이 날리기 시작한다.

파도는 그런대로 좋았다. 컨디션도 오랜만의 입수치곤 나쁘지 않았다. 그런데 추위가 문제였다. 손발에 감각이 없다. 뜨거운 샤워를 하며 장갑을 벗으니 손가락이 모두 하얗게 변해 있다. 이 상태로 두면 동상에 걸릴 기세다. 한참을 더운물로 마사지를 하니 감각과 혈색이 천천히 돌아왔다.

이해가 안 됐다. 겨울 바다가 처음이 아니다. 작년 이맘때도 바다에 들어갔다. 그때 동해에선 공기 중보다 오히려 물속이 더 따뜻해 바람이 불면 손을 물에 넣었더랬다. 동해와 서해가 다른 탓일까. 바닷물은 서해보다 동해

가 더 차갑지 않던가?

다음 날 아침 간조 시간. 갯벌을 백 미터 정도 걸어 바다에 들어갔다. 미세먼지는 여전히 최악이지만 하늘 색은 화창하다. 눈에 보이는 것과는 다르다. 바다 위에 떠 조금 있으니 목구멍에 가래가 끼고 콧물이 줄줄 흐른다. 추위 때문인지 미세먼지 때문인지 모르겠다.

삼십 분도 지나지 않아 또다시 손이 얼기 시작한다. 초반부터 보드 위에서 손가락을 움직이고 양손을 비벼도 소용이 없다.

그 와중에 좋은 파도를 몇 개 골라 탔다. 올해 최고의 파도라 할 만한 파도도 탔다. 늘 파도를 잘 탄 날이면 아내에게 자랑한다.

"나 오늘 올해 최고의 파도를 탔어!"

이제 1월. 올 첫 파도타기니 뭘 타든 조금만 잘 타면 올해 최고의 파도타기다. 올해의 파도타기는 이제 시작이다.

하지만 추위를 견디지 못하고 오십 분 만에 바다에서 물러났다.

해 질 무렵 만조 시간, 다시 바다로 향했다. 원래는 내일 아침에 나가려고 했는데 마음을 바꿨다. 다음 날 아침에 온도가 더 떨어진다는 예보가 있었기 때문이다. 더 중요한 건 파도도 작아진다는 예고였다.

만조 때라 해변 가까운 곳에서 파도를 타니 아내가 사진과 동영상을 찍어주었다. 그런데 날이 추워 배터리가 금세 방전되어 휴대전화가 저절로 꺼졌다고 한다. 꺼지기 전에 겨우 찍은 사진들을 보니 내가 한심했다. 여러 가지 동작의 허점이 보였다. 고치려 해도 잘 안 되는 것들이 있다. 변명이 없지는 않다. 이토록 두꺼운 슈트를 입고는 무슨 동작이든 잘해내기가 힘들다. 파도를 잡았다는 것만으로도 스스로 대견해야 할지 모른다.

그날 저녁, 아내가 찾은 뉴스기사에 깜짝 놀랐다. 서해가 얼었다는 기사였다. 태안반도에서 목포 인근까지 얼음이 관측되었다고 한다. 천리안 위성사진도 실려 있다. 위성사진 속 서해안이 하얗게 변해 있다. 지구온난화로 북극의 한기가 과하게 한반도로 내려온 탓이다.

아내가 칭찬인 듯 내게 연신 대단하다고 한다. 얼음물에 들어간 그 용기에 혀를 내두를 정도라며. 그토록 원했던 북극 바다에 들어가 파도를 탄 것과 다르지 않다며 꿈을 이루고야 말았다는 거다. 반쯤 놀리는 모양새다.

춥긴 했다. 얼음물에 맨손을 담근 기분이었고 드라이아이스에 손을 댄 것 같았다. 이상할 정도로 몸의 말단부가 모두 얼어붙었다.

만약 이토록 차가운 바다인 걸 미리 알았더라면, 그 바다에 들어갈 수 있었을까? 감히 생각도 못 했을 것 같다. 아무것도 몰랐기에 무모하게 들어갈 수 있었다. 세상엔 무지해야만 가능한 일들이 있다.

만리포

파도가 없네...

손발이
다 얼었다.

슬슬
나갈까?

끼룩-
끼룩-

십분만 더 기다려보자.

남과 다른 파도를 탄다는 것

윌리엄 피네건(자전적 서핑 에세이 〈바바리안 데이스〉로 폴리처상을 수상한 서퍼 겸 르포 작가)의 에세이를 읽다가 맘에 걸렸던 부분이 있다. 서핑은 열네 살 이전에 배워야 완벽하게 할 수 있다는 대목이다.

그러고 보면 파도타기뿐만 아니라 대부분의 스포츠 천재들은 아주 어린 시절 운동을 시작했다. 스포츠는 몸이 유연할 때 시작해야 한다. 상식적으로 생각해도 뼈와 살이 굳은 후엔 어느 정도 한계가 있는 게 당연할 터다. 그걸 읽고 난 후에야 통 늘지 않는 내 부기보드 실력에 대해 어느 정도 체념할 수 있었다.

나이 오십이 넘어 시작한 부기보더에게 뭘 기대할 수 있을까. 그냥 파도를 잡아탄다는 거 말고는 더 바랄 수 있는 게 없을지 모른다. 살면서 마음을 접어야 할 게 한 가지 더 늘어난 셈이다.

부기보더도 서퍼처럼 파도를 타며 구사할 수 있는 전문 기술들이 있다. 그 기술들을 바탕으로 대회도 열고 채점도 이루어진다. 대표적인 기술로는 컷 백, 스핀, 에어 롤, 튜브 라이딩, 인버트 에어 등등이 있다. 그중 내가 할 수 있는 건 컷 백, 어설픈 에어 롤과 상대적으로 작은 배럴

에서의 에어 라이딩 정도다. 잘할 수 있는 기술이라고
해봐야 어디 내세울 수준이 아니다.

그런 초보적인 수준에서 벗어나고자 나름 영상을 찾아
보며 혼자 연구하고 실제로 바다에서 연습도 해보지만,
그다지 진척이 없다. 세계적인 프로 선수들이 부기보드
캠프를 열기도 하는데, 그런 프로그램에라도 참가해야
조금 실력이 늘 수 있는 게 아닐까 생각한 적도 있다. 하
지만 세상이 팬데믹으로 뒤집어진 이후론 언감생심이
다. 과연 스스로 만족할 만큼 여러 가지 기술을 구사하
며 탈 수 있는 날을 이 생애에 기대할 수 있을까?

나이를 먹어 기본적인 체력이 떨어진다는 것을 제외하
고(그게 가장 치명적이지만) 내가 가진 다른 문제들은
무엇일까 고민했다. 스스로 곱씹어보며 분석해본 결과,
가장 큰 문제는 익숙한 라이딩에 집착을 보인다는 거다.
나는 잡아타는 것 그 자체에 몰입하고 과하게 진행한다.
그래서 일단 파도에 오르면 오직 끊기지 않고 오래 타기
위해서만 최선을 다한다. 물론 길게 타는 것도 좋지만
다른 기술들을 구사하는 데 할애할 수 있는 기회는 꼭
그만큼 사라진다. 뭔가를 시도할 기회가 그렇게 줄어드
는 것이다.

결국은 선택의 문제다. 익숙한 즐거움을 누리며 탈 것인
가 아니면 실패하더라도 새로운 기술에 도전할 것인가.

파도타기를 하며 삶을 다시 생각하게 된다. 뭔가를 이루기 위해 끊임없는 노력과 고통을 감수할 것인가, 아니면 어느 정도로 만족하고 현실을 있는 그대로 즐길 것인가. 과연 어떤 것이 더 가치 있는 삶일까?

그 가치는 누구의 가치인가. 남들이 인정하는 사회적인 가치인가 스스로 만든 개인적인 가치인가.

어느 한쪽이 중요하지 않거나 필요 없다는 건 아니다. 수학문제처럼 답이 정해져 있는 것도 아니다.

남들과 다른 삶을 산다는 건 어려운 문제다. 남들과 다른 파도를 타는 것도 그렇다. 대다수의 사람들이 가는 길로만 갈 필요는 없다. 많은 사람이 시간과 공을 들여 만들어놓은 것엔 분명히 그만큼의 이유가 있겠지만 그것들이 나에게도 꼭 들어맞을 리는 없다. 그리고 맞추려 할 필요도 없다.

환경에 적응하며 자신만의 길을 만드는 삶. 남들이 만들어놓은 가치에 흔들리지 않고 자신의 존재 이유와 가치를 찾아가는 삶. 그런 인생을 살고 싶다.

p.s.

그래도 인버트 에어(배럴에서 회전하는 기술)엔 계속 도전해볼 생각이다.

딸에게

내 딸 은서는 물을 싫어한다. 어릴 적엔 같이 수영도 하고 바다에 놀러가는 것도 좋아했는데 어느 순간 변했다. 성인이 된 후로는 물 근처에도 가지 않는다.

나 역시 어린 시절엔 활동적인 아이가 아니었다. 움직이는 걸 싫어하고 늘 방에서만 꼼지락거려 남자답지 못하단 소리를 들으며 자랐다. 어른들은 언제나 내 걱정을 했다. 하지만 그때도 물놀이는 좋아했다. 모든 스포츠에 무관심했지만 수영만은 늘 하고 싶었다.

여름이면 야외 수영장에 놀러가는 게 유일한 낙이었다. 겨울엔 실내 수영장을 찾았다. 물에서 첨벙첨벙 속도를 내고 둥둥 떠 있으면 기분이 좋았다. 수영장이나 바다에서 점점 깊은 곳으로 걸어 들어가 발이 땅에 안 닿으면 설레고 가슴이 두근거렸다. 한참 잠수를 하다 수면 위로 떠오를 때면 스릴을 느꼈다. 대학에 들어가선 심지어 수영 대회에도 나갔다. 꼴찌를 겨우 면하는 수준이었지만 마냥 즐거웠다.

아무래도 수영을 잘하는 사람이 부기보드를 타는 데 유리하다. 서핑보드를 이용할 때보다 물에 접하는 몸의 면적이 많고 실제로 다리를 많이 움직여야 하기 때문이다.

오리발을 낄 정도니 짐작할 수 있을 것이다.

이십 년 전 하와이에서 아이들이 쇼어 브레이크에서 아슬아슬하게 부기보드를 타는 모습을 처음 봤다. 옥빛 바다 위로 거대한 파도와 함께 튀어 오르는 그 꼬마들의 모습은 마치 돌고래 같았다. 수영을 좋아했기에 부기보드가 서핑보다 훨씬 더 매력적으로 다가왔던 거 같다. 그래서 부기보드를 구입했다.

하지만 당시 실제로 해보니 부기보드는 보통 타기 어려운 게 아니었다. 생각처럼 파도를 탈 수가 없었다. 파도를 타기는커녕 보드 위에 엎드려 가만히 바다 위에 떠있을 수조차 없었다. 짧은 여행이라 배울 수 있는 여건도 안 되었다. 그래서 서울에 가지고 돌아온 부기보드는 그대로 창고로 직행당했다.

그랬던 그 부기보드가 이십 년 만에 빛을 본 것이다. 하와이의 해를 다시 본 그때 부기보드는 얼마나 감격했을까. 당시에 네 살이던 은서는 스물셋이 되었다.

몇 번이고 같이 부기보드를 타보지 않겠냐고 권했지만 딸애는 거부했다. 얼굴을 찌푸리며 고개는 설레설레, 머리가 물에 젖는 게 싫단다. 그런 모습을 볼 때면 어린 내모습이 자꾸 떠오르곤 한다. 축구, 야구, 농구, 유도 등 각종 스포츠를 권하던 아버지와 삼촌들, 친구들도 생각난다. 그들도 한사코 스포츠를 거부하는 나를 보며 얼마나 갑갑했을까.

하와이의 바다에서 아이와 함께 부기보드를 타는 아빠들을 종종 만났다. 폴리네시안 남자들은 덩치가 꽤 큰 편이다. 유연함과는 거리가 있어 보이는 큰 덩치에 아이까지 매달고 부기보드를 자유자재로 타는 모습을 보면 혀를 내두를 정도다. 아빠와 파도를 타는 아이들의 표정은 또 얼마나 해맑던지.

나 역시 얼마 전까지도 내가 파도를 타는 중년 남자가 될지는 짐작도 할 수 없었다. 함께 부기보드를 탈 순 없겠지만 내 딸에게도 나중에 이런 예상치 못한 변화가 생기지 않을까? 그게 꼭 파도타기가 아니어도 즐길 수 있는 뭔가가 생기길 바란다.

창작을 하는 기쁨과는 또 다른 행복, 그러니까 세상엔 다양한 행복이 있다는 걸 이젠 잘 알기 때문이다.

어릴 땐 같이 목욕도 하고,

수영도 배우고…

크니까 변했다.

아빠
또
바다가?

어?
어…
같이 갈래?

갱년기에
좋아하는 게
있으니
다행이야,

가끔은
꼬마 은서가
보고싶당-

바봉.

위대한 힘에는 항상 큰 책임이 따른다

작년 여름에 차를 사기로 했다.

햇수로 오 년간 오리건 주의 포틀랜드와 하와이의 오아후 섬을 전전하다 서울로 돌아왔다(각각 《플랜, 무엇을 하든 어디를 가든 우린》과 《하와이하다》 참고). 그렇게 떠돌기 전, 십 년간 타던 차를 팔았다. 청보라 색의 미니 쿠퍼였다. 물론 백 퍼센트 아내가 운전하던 차다.

그 차를 사가던 중고차 딜러가 계기판을 보고 깜짝 놀라던 모습이 기억난다. 십 년간 탔는데 주행거리가 이만 킬로미터였기 때문이다. 그가 말하길 그 정도의 거리는 보통 일 년에도 나온다고 했다. 당연하다. 그 차로 우린 어디 멀리 가본 기억이 없다. 아내가 딸애를 학교에 바래다주거나 시장을 볼 때 정도만 이용했으니까. 내가 운전을 안 하니 그 외 주행거리가 올라갈 일이 없었던 것이다. 아내가 운전하는 그 차를 타고 지방에 간 기억도 손에 꼽는다. 서울 밖으로 나갈 땐 언제나 기차를 타거나 비행기를 이용했다.

그러나 이번에는 다르다. 차를 사야 하는 분명한 목적이 생겼다. 새로운 운전자는 바다를 간절히 원하기 때문이다. 파도를 좇아 여행 다닐 생각만으로도 몹시 설렜다. 얼마

간 이 차가 좋을까 저 차가 좋을까 기웃기웃 검색을 했다. 공통된 의견은 아내와 나 둘 다 큰 차를 운전하고 싶어하지 않는다는 거였다. 우린 작은 차가 여전히 좋았다. 부기보드를 싣고 다니기에 전에 타던 미니쿠퍼 정도면 딱 좋을 성싶었다. 그렇게 '역시 우린 미니쿠퍼다'라고 결심을 굳혀가던 중, 아는 형의 차를 얻어 탈 일이 생겼다. 무려 포르쉐 박스터였다.

그런 차는 난생처음 타봤다. 조수석에 앉아 수상한 엔진 소리를 마냥 신기해하고 있는데 스르르 천장이 열렸다. 컨버터블의 뚜껑을 연 채 올림픽도로를 달리는 기분은 정말 뭐라 말할 수 없었다. 다만 옆에 지나가는 차들에서 쏟아지는 시선이 부끄러웠다. 내 차도 아닌데. 나는 슬그머니 마스크를 썼다. 아무렇지도 않은 척 똑바로 앞만 바라볼 수밖에 없었지만, 아내와 내겐 꽤나 신기한 경험이었다.

그래서 우리가 포르쉐 오픈카를 샀느냐고? 그럴 리가. 우린 미니쿠퍼 오픈카를 샀다.

뚜껑을 열고 해안가를 달리면 마냥 신날 거 같았다. 그러면 미야자키 하야오 애니메이션의 주인공 같을 것만 같았다. 이번엔 차 색도 내가 좋아하는 색으로 골랐다. 전에는 아내가 골랐다. 그땐 아내가 운전을 하면 난 얻어 타는 처지라 차 색이야 아무래도 상관없었다. 하지만 이젠 상황이 다르다.

"미니쿠퍼하면 브리티시 레이싱 그린이지!"

나의 선택에 아내는 이렇게 말했다.

"맘대로 해. 네가 운전만 한다면 난 똥색도 좋아."

그걸 타고 육 개월간 시도 때도 없이 동해와 서해를 여행했다(이 글을 쓰고 있는 현재 차를 산 지 정확히 육 개월이 된다). 자잘한 사건 사고가 벌써 꽤 있었지만(이상하게 다른 차와 사람들이 우리 차에 흠집을 낸다. 작아서 잘 안 보이는 것일까) 차는 구입 목적 이상으로 잘 사용하고 있다. 하지만 우리가 오픈카를 산 게 과연 잘한 일인지는 여전히 의문이다.

우선 차 내부가 너무 좁다. 전에 타던 3도어 미니쿠퍼는 좁다고 느낀 적이 없었기 때문에 카브리올레(오픈카)도 비슷할 거라 생각했다. 그런데 전혀 다르다. 지붕이 접혀 들어갈 공간이 필요하기에 뒷좌석이 더 좁고 불편했다. 같은 이유로 트렁크도 몹시 협소하다.

앞좌석은 천장이 천이다 보니 비교적 공간은 넉넉하게 느껴지지만, 그만큼 외부의 소음이 그대로 들어온다. 우린 잘 몰랐는데 아내가 친구를 태웠더니 이렇게 말하더란다.

"이 차 너~~~~~~ 무 시끄럽다. 뚜껑을 열지 않았는데

도 차가 아니라 도로 위에 앉아 있는 거 같아! 무슨 스쿠터야?"

무엇보다 어이가 없는 건 뚜껑을 열고 달릴 날이 거의 없다는 사실이다. 서울 시내에선 민망해서 천장을 열 수가 없었다. 바닷가에 가서 뚜껑을 열면 가을인데도 볕이 너무 뜨거웠고 나머지 계절엔 몹시 추웠다. 게다가 날이 좋아도 미세먼지 때문에 열 수 없는 날이 더 많았다.

여섯 달 동안 해변에 갈 때 두 번 정도 연 거 같다. 이래서야 도대체 왜 오픈카를 산 것이지 스스로 이해가 되질 않는다. 그런 생각이 들 때면 죄 없는 포르쉐 주인이 생각나 혼자 머리 뚜껑이 열렸다.

내부가 전보다 조금 더 좁다는 건 알고 있었지만 생각보다 문제가 심각했다. 짐을 싣기 위해 뒷좌석을 접어도 사십삼 인치의 내 부기보드를 간신히 밀어넣어야 하는 수준이다. 내 보드가 일 인치만 더 길었으면 실을 수도 없었던 거다. 아내의 것까지 두 장이 들어가면 뒷좌석의 반이 찬다. 보드를 실은 후엔 다른 짐들을 모두 보드 위에 올려야 하는데 이게 또 영 찜찜했다. 이렇게 하면 뒷좌석은 조금도 여유가 없이 꽉 들어찼다. 이래서야 부기보드를 타러 바다에 가기 위해 차를 샀다고 말하기가 곤란하다.

요즘도 끙끙거리며 짐을 실을 때면 아내와 나는 푸념한

다. 하지만 누굴 탓하겠는가. 다 심사숙고하지 못한 우리 탓이지.

"괜찮아, 차는 예쁘니까. 뭐든 얼굴값을 하는 모양이야."

이쯤에서 〈스파이더맨〉의 명대사도 떠오른다.

'위대한 힘에는 항상 큰 책임이 따른다(Great power always comes with great responsibility).'

뚜껑이 열리는 게 위대한 능력이라면 그것도 틀린 말은 아니다.

파도를 기다리며 할 수 있는 일

두세 시간 정도 파도를 탄다곤 하지만 실제로 파도를 타는 시간은 다 합해봐야 몇 분 정도다. 파도가 아주 좋아서 몇 시간 동안 부지런히 탄다고 해도 여간해선 파도를 탄 실제 시간이 십 분을 넘기기 어렵다. 그렇다면 그 나머지 시간엔 도대체 바다 위에서 무얼 하냐면, 그냥 바다 위에 떠 있는 경우가 많다.

파도가 많아 한가할 새가 없으면 열심히 파도를 쫓아 이리저리 패들링이라도 하겠지만, 파도가 띄엄띄엄 오는 날이거나 약한 날이면 보드 위에 앉아 언제 올지 모르는 탈 만한 파도를 기다리며 수평선을 멍하니 바라보는 게 전부다.

사람의 집중력엔 한계가 있다. 그렇게 앉아 멍하니 있다 보면 딴생각을 하거나 망상에 빠지곤 하는데, 물 위에 둥둥 떠서 그러고 있으면 꼭 바다 다큐멘터리에 나오는 물개 표정이 된다.

그래서 물 위에서의 무료함을 달래기 위해 수다를 떠는 건 서퍼의 일과 중 하나다. 처음 보는 사람이라도 얼마든지 대화의 상대가 될 수 있다. 파도 얘기부터 세상 돌아가는 이야기까지 잘도 떠들게 된다. 하물며 친구거나 안

면이 있는 사람이라면 별의별 이야기를 다 하는데, 대화하는 이들의 옆에 무심코 떠 있다 보면 어쩔 수 없이 싫어도 알게 되는 것들이 있다. 누가 회사를 옮겼다느니 누가 누구를 새로 만난다느니 하는 시시콜콜한 것들. 물론 대화 속 인물들이 누구인지는 전혀 알 수 없지만.

혼자 노래를 흥얼거리거나 휘파람을 부는 사람도 꽤 있다. 어떤 이들은 그런 노랫가락 소리로 자신이 라인업했음을 멀리까지 알리기도 한다. 특정 노래 소릴 듣고 '아, 그 노래를 부르는 사람이 왔군' 하고 알게 되는 것이다. 어떤 노래는 아침 바다 위에서 우연히 한번 듣고는 하루 종일 머릿속에서 떠나지 않을 때도 있는데 그럴 땐 조금 괴롭다.

부기보더는 파도를 기다리다 물 위에서 보드에 왁스칠도 한다. 부기보드는 스티로폼 같은 재질이라 왁스를 칠해도 서핑보드보다 파도에 잘 벗겨진다. 대체로 바다에서 한 시간 정도 파도를 타면 거의 다 벗겨지므로 바다 위에서 뜬 채로 왁스를 칠하는 게 그리 특이한 행동은 아니다.

내가 바다 위에서 본 가장 엽기적이었던 것은 마리화나를 피우는 행위였다.

몹시 수상한 냄새가 풍겨서 돌아보니 한 하와이안 로컬 부기보더가 바다 위 돌출된 바위에 앉아 연기를 내뿜고 있었다. 《이상한 나라의 앨리스》에 나오는 버섯 위 애벌레처럼 하얀 연기를 풀풀 뿜으며 전자 담배 같은 걸 피우고 있었다. 냄새로 봤을 때 마리화나였다(미국에서 지낼 때 그 냄새를 자연스레 알게 되었다. 마리화나를 자유화한 주가 많기 때문이다). 바닷물에 젖어도 작동하는 전자 담배라니 참 신통하다 생각했다. 그런데 바다 위에서까지 꼭 그걸 피워야 했을까.

사실 외국의 서퍼 중엔 마리화나나 약을 하고 파도를 타는 경우가 꽤 있다. 그로 인한 각성효과가, 큰 파도를 탈 때 생기는 공포심을 없애준다는 논리다. 그리고 거기에 감각을 일깨워 카타르시스를 극대화한다고 하는데, 진짜 그런 목적인지는 모르겠다. 그저 단순히 중독된 것일 수도.

파도를 기다리며 보드 위에서 열심히 자외선 차단제 스틱을 얼굴에 바르는 사람도 있다. 그러는 게 처음엔 좀 유별나 보였다. 뭘 그렇게까지 피부에 유난을 떠나 생각했다. 하지만 이제는 태양이 뜨거울 땐 바다 위에 뜬 채 나도 가끔 얼굴에 바른다. 햇볕은 피부에 치명적이고 내 피부는 소중하니까.

서핑 잡지에서 보니 파도가 잔잔한 날에는 패들보드 위에 앉아 바다낚시를 하는 이도 있었다. 부기보드 위에서도 한번 해보고 싶지만 그게 가능할는지 모르겠다.

현경이의 부기보드 활용법.

탐험

바다 밑 구경

친목

그리고 아주 가끔 파도를 탄다.

쳇,
귀찮아~

2021/1/23

동해의 겨울 파도는 참 신기하다.
평일엔 잠잠하다가 주말에만 파도가 좋다.
'이번 주말에도 파도가 끝내주는 양양으로 오세요!'
마치 수도권에 살고 있는 서퍼들을 꾀는
세이렌* 같다.
평일에는 호수처럼 잔잔하다가
토요일, 일요일이면 치어리더처럼 파도가 춤을 춘다.

주말에는 양양 사람 서울 사람 할 거 없이
파도가 있건 없건 바닷가로 몰리니
도로 위나 바다 위나 꽤나 번잡스럽다.
평일에도 한가한 나로서는
주말보다는 주중의 파도가 더 좋은데
파도가 내 사정 같은 것에 관심이 있을 리 없다.

---

*   그리스 신화에 나오는 반은 새이고 반은 인간인 마녀. 아름다운
     노래로 뱃사람들을 유혹했다고 함

2021/1/27

숙소를 예약한다.
여행은 준비하는 것부터 시작이다.
설레는 마음으로 짐을 꾸린다.
짐을 다 꾸리면 그때부터 대기의 흐름을 들여다본다.
한두 시간 아니 삼십 분에 한 번씩 앱을 열고
시시각각 변해가는 바람과 파도를 들여다본다.

파도 앱은 허풍이 심해 일주일 전엔 삼 미터가 넘는
거대한 파도를 예고하다가도,
여행 당일에 가서는 결국 초라한 무릎 파도가
되어버리곤 한다.
기세등등했던 일주일 전의 그 높고 거대한 파도는
바람처럼 사라져버렸지만
누구도 원망할 수 없는 노릇이다.

하지만 몇 번이고 속아 넘어가다가도
운때만 제대로 맞으면 얘기가 달라진다.
파도가 문득 두 주먹을 불끈 쥐고 일어설 때가 있다.
그러면 꽤 높은 파도를 며칠간 유지하기도 하는데,
바로 그때가 파도타기 여행을 떠날 최고의 기회라
할 수 있다.

이번 여행이 그런 좋은 때인지
떠나기 전날 밤인 지금, 파도가 꽤 크고 높게
유지되고 있다.
그래서 내심 흡족한 마음이었는데
갑자기 한파에 폭설까지 더해
파도타기가 아니라 운전할 일이 걱정이다.

p.s.
겨울 바닷가 모래사장에 떨어져 있던 그 자동차
열쇠는 주인을 찾았을까?

인구

중부지방에 간밤에 폭설이 일 센티 이상 내릴 거라고 했는데 고속도로 사정은 일기예보와는 전혀 달랐다. 눈이라곤 한 톨도 볼 수 없었다. 그래도 혹시나 도로 위에 빙판이 있을지 모른다는 생각에 조심조심 운전했더니 세 시간이 넘게 걸려 양양에 들어섰다.

금요일 오후의 인구 해변. 풍랑경보가 내렸다. 하지만 죽도 해변과는 달랐다. 죽도 해변엔 거대한 거품 파도가 일고 있었다. 파도를 탈 만한 상황이 아니었다. 그곳엔 서퍼가 단 한 명도 없었지만 인구 해변엔 서퍼가 열댓 명이나 보였다. 인구엔 아름답고 깨끗한 겨울 파도가 들어오고 있었다.

산 쪽에서 불어오는 강한 바람이 파도의 결을 참빗으로 곱게 빗겨 매만진 것만 같다. 기어코 파도가 한쪽으로 부서질 때, 공중으로 흩뿌려지는 물안개가 장관이다. 죽도를 기점으로 나뉜 인구 해변과 죽도 해변은 언제나 비슷할 것 같지만 제법 다르다. 닮았을 거 같지만 전혀 다른 이란성 쌍둥이 같다.

환상적인 인구 해변의 파도를 보고 나는 흥분했다. 나는 아직도 곧잘 그런 것에 흥분하곤 한다. 꽤 나이를 먹었는데도 고쳐지지 않는 고질병이다. 주차를 하고 나서 나는 당장에라도 바다에 뛰어들 어린아이처럼 허둥댔다. 그런 나를 보며 아내가 말했다.

"여기서 슈트로 갈아입지 말고 숙소에 가서 입고 오지 그래? 지금 영하 10도야. 아직 시간도 있고."

맞는 말이다. 북극에서 불어온 바람에 살이 에이는데 얼음 위 같은 길바닥에서 슈트를 갈아입기는 나도 싫었다. 일 년 전 이 시기에 왔을 땐 코로나 바이러스가 대유행하기 전이었다. 그땐 당연히 서핑숍에서 옷도 갈아입고 샤워도 했다. 지금은 사정이 다르다. 다른 이들과의 접촉을 최대한 피해야 한다. 그래서 한 해 동안 내내 길바닥에서 서핑 가운을 걸치고 옷을 갈아입었다. 끝난 후 샤워는 숙소에 돌아가서 했다.

아내의 말을 듣기로 했다. 숙소로 가서 체크인을 하고 옷을 갈아입었다. 따뜻한 방에서 옷을 갈아입으니 들뜬 마음이 조금은 가라앉는 것 같다. 점점 편한 것에 익숙해진다.

호텔에서 옷을 갈아 입고 인구 해변으로 돌아오는데 채 삼십 분도 걸리지 않았다. 도착하자마자 차에서 보드를 내려 주요 부위에 왁스를 바르고는 곧바로 바다로 향했다. 그런데 뭔가 허전하다.

'어라, 장갑이 없다!'

서핑용 겨울 장갑을 분명히 챙겼다고 생각했는데 차로 돌아와 아무리 찾아봐도 보이지 않는다. 집에서 분명히 챙겨왔으니 숙소에 두고 온 거다. 흥분하고 허둥대면 이런 일이 꼭 생긴다. 비슷한 실수를 오십 년 넘게 했는데 한심하게 오늘도 반복하고 있다. 이번은 장갑이니 대수롭지 않게 넘길 수 있지만, 정말로 중요한 실수를 하게 된다면 그 자괴감을 어떻게 극복할 수 있을까. 생각만으로도 암담하다. 사소한 실수를 할 때마다 이렇게 극단적인 걱정을 하는 것도 언제나 똑같다.

갈등했다. 눈앞에서 이미 엄청나게 좋은 파도가 터지고 있다.

"그냥 들어갈까?"

말도 안 되는 생각이었다. 숙소에 두고 온 장갑은 오 밀리 두께의 겨울 서핑 장갑이다. 만리포에서 도저히 삼 밀리의 장갑으로는 겨울 바다를 버틸 수 없음을 깨닫고 이번에 새로 구입한 것이다. 아직 한 번도 사용하지 않은 새것이다. 그런데 난 지금 맨손으로 겨울 바다에 들어갈까 고민을 한다. 이대로 그냥 들어가면 채 십 분도 버티지 못할 것이다.

"미쳤어? 그냥 들어가는 게 말이 돼? 얼른 가서 가져오자. 빨리 차에 타!"

장갑을 가지고 오는데 십오 분 정도 걸린 것 같다. 장갑은 숙소의 내 배낭 위에 가지런히 포개져 있었다.

다행히 파도는 아직도 좋았다. 나는 다시 차에서 보드를 꺼냈다. 그리고 오리발도 챙기려는데, 이번엔 오리발 한 짝이 안 보였다.

"오리발 하나가 왜 없지?"

"그게 왜 없어? 아깐 둘 다 있었어?"

"어, 분명히 있었는데. 아까 내렸을 때 어디에 흘렸나?"

당황스러웠다. 전에 주차했던 곳을 돌아보고 해변을 찾아봐도 오리발은 보이지 않았다. 차 트렁크를 구석구석 들여다봐도 찾을 수가 없다. 혹시 떨어뜨린 걸 지나가는 이가 주워간 걸까? 하늘이 노래졌다. 그게 없으면 이번 파도타기 여행은 시작도 못 해보고 끝이다.

부기보드를 서핑보드처럼 오리발 없이 탈 수 있는 이들이 있기는 하다. 스탠드업 부기보더들이다. 그들의 날렵한 동작은 보고 있으면 경이롭다. 파도를 오리발 없이 잡아타는 것도 놀라운데 그 위에 벌떡 일어섰다 몸을 숙여 쭈그려 앉아서는 그대로 뱅글뱅글 돈다. 하와이 퀸스 해변에도 그런 로컬 부기보더가 있었다. 우린 그를 유에프오라 불렀다. 그는 한 번 파도를 잡아탈 때마다 열 번 정도 회전했다. 빙글빙글 잘도 돌아서 별명이 유에프오다. 하지만 그건 특별한 사람들의 이야기다. 나는 오리발 없이는 파도를 잡을 수조차 없다.

결국 오리발을 찾았다. 트렁크의 덮개(미니쿠퍼 카브리 올레엔 거추장스럽게도 그런 게 있다) 사이에 끼워져 있어서 안 보였던 거다. 다 내 불찰이다. 허둥대고 있다는 증거다.

"오늘 조심해야겠어! 너, 너무 급해!"

아내의 핀잔에 더는 변명할 거리가 없었다. 스스로가 한심해 한숨만 나왔다.

작년 가을 인구 해변에 왔을 때도 풍랑주의보가 내렸었다. 하지만 이번엔 조금 다르다. 왼편 방파제 쪽보다 오히려 오른편 방파제 쪽으로 눈이 갔다. 파도가 적당한 크기의 튜브(배럴이라고도 한다)를 만들고 있었기 때문이다. 예상대로 그쪽엔 숏보더들이 라인업하고 있었다. 숏보더는 부기보더와 조금 더 닮았다. 양쪽 다 보드가 짧기 때문에 둥글게 말리는 파도에서 기동력이 뛰어나다. 그래서 파도를 잡는 위치도 비슷하다. 롱보더보다 조금 더 뒤쪽이다. 파도가 부서지는 곳에 최대한 붙을 수 있다.

'드디어' 라인업해서 보드 위에 올라앉았다. 그러곤 파도에만 집중했다. 몇 차례 파도를 잡아탔다. 오랜만의 아

주 세고 힘찬 파도였다. 처음엔 몸이 안 풀리고 무거워 힘겨웠지만 몇 번 잡아타며 패들링을 하니 정신이 점점 맑아졌다. 바다에 들어오기 전엔 그토록 흥분해 난리 법석을 피우더니 바다 위에선 이상할 정도로 마음이 차분해졌다. 파도는 나를 진정시켜준다.

그런데 물의 흐름이 묘했다. 스웰이 해변으로 들어와 파도가 부서지면 방파제 쪽으로 흘러 다시 바다로 빠질 거라 예상했다. 그런데 그대로 부딪혀 튕겨서는 다시 바다로 돌아 나왔다. 정확한 포인트에서 꽤 높은 파도를 잡아 올라탔는데 꼭대기에서 내려오지 못하고 괴상하게 몇 번 몸이 튕겨났다. 결국 나는 그 파도에서 내릴 수밖에 없었다. 처음 당하는 거라 이해할 수가 없었는데 나중에야 조수 때문인 걸 알았다. 해변에 충돌한 파도가 그대로 돌아나오다 들어오는 파도와 부딪혀 출렁인 것이다.

영상으로 극단적인 경우를 본 적이 있다. 그 두 파도가 만날 때 뭔가 폭발이라도 하는 것처럼 몸이 높이 치솟는다. 하지만 그런 상황이 반드시 위험한 건 아니다. 부기보더들은 일부러 그런 장소를 찾아 파도를 타기도 한다. 여러 가지 다양한 기술을 구사할 수 있기 때문이다.

한겨울용 오 밀리 장갑으로 바꿨지만 소용이 없었다. 영하 10도의 날씨에서 파도타기는 내게 한 시간 이상은 무리였다. 바람 때문에 더 그랬다. 면도날같이 불어오는 바람에 노출된 얼굴이 따가웠다. 나만 이렇게 추위에 약한 걸까 궁금했는데 주변의 서퍼들이 얘기하는 걸 들으니 나 혼자만의 문제는 아니었다. 다들 발가락에 감각이 없다는 둥 얼굴이 따갑다는 둥 괴로워했다.

'도대체 이들은 왜 따뜻한 아랫목에 행복하게 머물지 않고 한겨울의 바다에 몸을 던지는 걸까?'

과거의 내가 지금의 내게 그런 질문을 던질 때 난 못 들은 척 다음 파도에 몸을 실어 육지로 나왔다.

그곳에서 이틀 더 파도를 탔다. 나흘 연속으로 탈 계획이었지만 마지막 날엔 파도가 작아졌다. 첫날의 파도가 가장 좋았고 점점 작아지다 이내 납작해졌다. 하지만 사흘 연속으로 이렇게 파도가 좋은 건 드물었다.

2021/2/1

바다에서 얻는 고통 또한 파도타기의 일부다.
뭔가를 제대로 감상하기 위해서는
계속 움직여야 한다.
삶도 그렇다.

송정

어느 해, 몇 년 전인지는 기억이 나질 않지만 마지막으로 부산에 왔던 건 부산 영화제 때였다. 그땐 해운대와 부산 시장을 오가며 영화를 봤으니 꽤 오래전 일이다. 요즘엔 주로 해운대 쪽에서 영화제를 진행한다고 들었다.

파도를 타기 위해 이렇게 장거리 운전을 한 건 처음이다. 아내와 둘이 교대로 운전했는데도 송정의 숙소에 도착하니 둘 다 녹초가 되었다. 그럼에도 나는 파도를 타기 위해 바다로 갔다.

송정 바다는 처음이다. 긴 해안선을 따라 파도가 길게 이어져 들어오고 서퍼들의 라인업도 그걸 따라 길게 이어져 있다. 늦은 오후부터 파도가 올라올 예정이라 했지만 아직 파도가 작았다. 해변의 왼편으로 작은 언덕과 정자가 오래된 달력 사진처럼 놓여 있다. 저 언덕의 이름도 죽도라고 한다.

두 시간 정도 파도를 타고 나왔지만 신통치 않았다. 역시 이런 일 미터 정도의 적당한 파도를 타는 것은 고역이다. 서퍼들이 모조리 몰려나와 나 같은 부기보더는 낄 자리가 없다. 그들 사이사이로 파도를 타는 건 재미도 없고 생각보다 너무 위험하다.

다음 날 아침도 마찬가지였다. 풍랑주의보가 내렸는데도 파도 차트와는 달리 좀처럼 파도는 커지지 않았다. 큰 기대를 하고 찾은 건 아니었지만 운전하느라 고생한 아내에게 괜한 일을 시킨 게 아닌가 싶었다.

아내는 해변의 쓰레기를 줍겠다며 집에서 쓰레기 집게까지 들고 왔다. 하지만 생각했던 것보다 해변은 깨끗했다. 동해나 서해의 해변에 비해 잘 관리되고 있는 것 같다며 아내는 기뻐했다. 오후의 파도타기를 위해 점심을 먹고 낮잠을 자는 동안 아내는 시장을 구경하러 나갔다.

오후 3시 정도에 슈트를 입고 혼자 해변으로 향했다. 놀랍게도 오전과는 달리 파고가 꽤 높다. 송정 해변에 길고 거대한 파도가 몰려들고 있다.

난 오후에 올해 최고의 파도를 탔다. 배럴에 들어갔을 때 서퍼들의 환호도 들렸다. 안타깝게도 아내가 없어서 사진으로 남기진 못했다. 내가 최고의 파도를 탔다는 건 함께 파도를 탄 서퍼들만 안다.

격렬한 파도를 세 시간 정도 타고 나는 완전히 탈진했다. 외출에서 돌아온 아내가 내 몰골을 보더니 물었다. 마라톤 풀코스라도 뛰고 왔냐고. 내 체력도 신경 쓰지 않고 격하게 파도를 탄 모양이다. 그렇게 탈진한 체력은 나흘간의 서핑 여행을 끝내고 서울로 돌아와서도 좀처럼 회복되지 않았다. 평소 운동량이 부족했던 탓도 있지만 나이 탓인지 체력이 많이 떨어져서인 것 같았다.

한 달에 한 번 정도의 제대로 된 파도타기를 위해선 평소의 관리가 더 중요해졌다. 체력 관리만 잘 하면 파도타기를 조금 더 오래 할 수 있을 것이다.

미래는
도대체
어디
간 걸까?
또 혼자 바다
갔나?

미래에게
편지가
왔어!

↑
현재의
나

↑
과거의
나

그 동안 고마웠다.
이제 너도 어느정도
부기보드를 탈 수
있게 되었으니 난
간다. 그럼
미래의 바다에서
보자~ 미래의 나

미래가
떠났네.

어라?
과거의 난 또
어디 갔지?

누구한테
얘기하는
거야?

다다를 수 없는

파도타기엔 용기가 필요하다. 멀리서 바다를 바라보면 아무리 비바람이 거세고 파도가 높아도 별로 두렵지 않다. 하지만 다가갈수록 얘기가 달라진다. 가까이 갈수록 소용돌이 속으로 빨려 들어간 자신을 상상하게 된다. 심장 박동수가 빨라지고 우레와 같은 파도 소리가 점점 더 커진다. 거대한 파도를 마주하면 언제나 두려움이 앞선다.

큰 파도를 잡아타기 위해서는 그것에 몇 미터 더 다가서야만 한다. 본능적으로 알 수 있다. 그 포인트에서만 가장 큰 파도를 잡아탈 수 있다는 걸. 하지만 두려움에 나는 그 몇 미터 앞에서 패들링을 멈춘다. 발자국 수로 따져보면 스무 발자국도 안 될 거리다. 하지만 나는 더 나아가지 못한다.

파도타기를 설명한다는 건 좀 바보 같은 짓이다. 파도를 탄다는 건 사실 설명할 게 별로 없다. 만약 설명할 게 있다면 내 마음속에 생기는 변화에 관한 것들뿐이다. 파도를 타는 동안 시시각각 변해가는 내 마음, 파도의 변화무쌍함과 꼭 닮은 내 머릿속의 생각들.

파도를 타고 나오면 언제나 나는 살짝 변해 있다. 파도 타기는 나를 변화시킨다. 나를 치유하고 전보다 좀 더 나은 영혼으로 만든다.

나는 이제 젊다고는 말할 수 없지만 그건 나보다 더 젊은 사람들 앞에서나 그렇다. 나보다 더 윗사람들 앞에서는 내가 가장 젊다.

내게 남겨진 나날 중 오늘이 가장 젊은 날이다. 내일의 나는 오늘보다 좀 더 늙고 지친 나일 것이다.

이토록 눈부시게 젊은 날, 나는 좀 더 큰 파도를 타기 위해 패들링을 한다. 파도가 터지는 그 자리에 조금 더 가까이 다가가기 위해 용기를 낸다. 무섭고 겁이 나지만 용기를 내 조금 더 가까이.

미래는 아직 오지 않았다.

과거는 갔다.

현재만 남아 있을 뿐.

파도와 함께.

2021/3/2

파도에 중독된다.
그 끝없는 변신에.
파도에 올라타
나 자신도 끊임없이
변신한다.

너무나 열정적으로 기뻐하고, 도전하고, 실패하고, 성공하는 아빠.

바다로 떠나기 전, 그리고 파도를 타고 돌아온 후 기뻐하는 아빠의 모습은 정말이지 아이처럼 해맑다. 물에 들어가야 하는 상황이 생기면 눈살부터 찌푸리는 나는 그런 아빠를 이해할 수 없었다. 바다와 수영장, 나는 그 어떤 물도 좋아하지 않는다. 아빠는 그런 나를 잘 알면서도 한 번만 도전해보라고 내게 몇 번이나 권유했다.

하지만 나는 파도타기를 배우고 싶다는 생각보다는 그렇게 즐거워하며 새로운 것에 끊임없이 도전하는 그 모습을 배우고 싶다.

파도타기가 너무 좋아 책까지 쓰는 아빠.

내가 닮고 싶은 '아빠의 열정'이 담긴 책의 출간을 축하하고 싶다.

딸 ° 이은서 (미술대학 학생)

파도수집노트

1판 1쇄 인쇄 2021년 8월 30일 **1판 1쇄 발행** 2021년 9월 17일

지은이 이우일
펴낸이 고세규
편집 장선정 이승현 **디자인** 조은아
마케팅 이헌영 **홍보** 이혜진

발행처 김영사
주소 경기도 파주시 문발로 197(문발동) 우편번호 10881
등록 1979년 5월 17일 (제406-2003-036호)
구입 문의 전화 031)955-3100 **팩스** 031)955-3111
편집부 전화 02)3668-3295 **팩스** 02)745-4827 **전자우편** literature@gimmyoung.com
비채 카페 cafe.naver.com/vichebooks **인스타그램** @drviche
트위터 @vichebook **페이스북** facebook.com/vichebook
ISBN 978-89-349-4900-8 03810 책값은 뒤표지에 있습니다.

비채는 김영사의 문학 브랜드입니다.